SATIRES

ET

POÉSIES

SATIRIQUES.

SATIRES

ET

Poésies Satiriques

D'ADOLPHE ADELUS,

DE L'UNION DES POÈTES.

Je ne me tourne pas du côté du plus fort,
Et je blâme celui qui me semble avoir tort.

Page 81.

COUTANCES,

TYPOGRAPHIE DE DAIREAUX.

1856.

Satires.

SATIRE - PRÉFACE.

J'AI parfois entendu de braves gens me dire :
Pourriez-vous nous montrer à quoi sert la satire ?
Quel est son avantage ou son utilité,
Sinon de mettre au jour votre méchanceté ?
Avertir durement, reprendre avec malice,
Souvent pour un oubli crier à l'injustice,
Parler sans cesse aux gens avec un air moqueur,
Ce n'est pas le moyen de leur toucher le cœur.
Avez-vous bien prévu les résultats funestes
Que peuvent entraîner vos écrits un peu lestes ?
En traitant un sujet vous allez jusqu'au bout !
Votre main sacrilége ose toucher à tout !
Avez-vous calculé ce qui pourrait s'en suivre ?
Soyez donc plus discret ; vivez et laissez vivre.

Ecrire pour blâmer est un art dangereux ,
Et celui qui l'exerce est toujours malheureux !

— Je crois que c'est pousser les choses à l'extrême ,
Et qu'on peut aisément résoudre ce problème.
Et d'abord : Le travail est pour nous une loi ,
Chacun , dans l'univers , doit avoir son emploi ;
C'est une vérité constante et manifeste ,
On s'y soustrait parfois , mais nul ne la conteste.
Il convient donc que l'homme , au travail destiné ,
Reconnaisse celui pour lequel il est né !
On l'oublie un peu trop dans le siècle où nous sommes ;
Là pourtant est l'écueil de la plupart des hommes.
Le savetier du coin , dépouillant son sarrau ,
Va marquer pour son fils une place au barreau !
Et tel eût fait peut-être un très-bon ébéniste
Qui , pour s'être mépris , n'est qu'un sot journaliste !

Pour moi , je débutai dans le professorat ,
Et j'osai quelque temps viser au doctorat ;
Bientôt , découragé par mon peu d'aptitude ,
J'abandonnai du grec l'interminable étude ,
Et léger de science et de capacités
Je dus à d'autres lois plier mes volontés.
Sans trop y réfléchir j'endossai la cuirasse ,
Et je restai soldat de la dernière classe ,
Tant il est difficile à l'homme dérouté ,
De revenir au but dont il s'est écarté !
Enfin , depuis deux ans , je me suis cru poète ,
C'est encore une erreur , mais la sottise est faite ,
Et maintenant , hélas , je suis beaucoup trop vieux

Pour qu'un sincère avis me dessille les yeux !
Et puis , tout compte fait , j'y vais de confiance ,
Je vois qu'il ne faut pas un grand fond de science
Pour se mettre au courant des étranges discours
Que tiennent quelquefois les Muses de nos jours.
Je puis bien , comme un autre , embellir nos campagnes ,
Faire gronder les mers et danser les montagnes ,
Je pourrais m'arroger , comme tant d'écrivains ,
Le droit de rajeunir les antiques Sylvains ,
Ressusciter , comme eux , les Faunes , les Naïades ,
Repeupler les forêts de leurs Hamadryades ,
Redire les malheurs de la triste Sion.....
Mais finissons plutôt cette digression ;
Des plans si mal conçus ne peuvent me séduire ;
Si je parle à quelqu'un c'est que je veux l'instruire.
Puisse donc mon exemple attester et prouver
Que pour prendre un état il y faut bien rêver !
Or, si Dieu m'a doté d'un esprit satirique,
Voulez-vous que je trace un vain panégyrique ?
Je ressemblerais trop à ce chien de boucher
Qui mord toujours la main qu'on lui donne à lécher ?

Assez d'autres, sans moi, s'égarant dans le vide,
Exploitent une mine aussi vaste qu'aride,
Assez de sots rimeurs parlent de boutons d'or,
De beauté sans pareille et de rare trésor;
Nous sommes inondés de recueils d'amourettes,
Apollon tient sa cour au quartier des Lorettes.
Mais pour moi, relégué dans un pauvre canton,
Je ne suis pas d'humeur à chanter sur ce ton ;
Enfant souvent transi des plaines boréales,

Je n'ai jamais rêvé de beautés idéales,
Je suis l'ennemi né du genre langoureux,
Et j'en fais l'abandon aux esprits vaporeux.
Boileau, d'ailleurs, Boileau, le régent du Parnasse,
Prétend que l'air d'autrui ne donne point de grâce,
Et le bonhomme Jean qui s'y connaissait bien,
Dit qu'un talent forcé ne valut jamais rien.
Ainsi, loin d'aborder un sujet fantastique,
Je me livre sans crainte à mes goûts de critique,
Sans crainte ! entendez-vous ? Qui dit la vérité
Doit parler de nos jours en toute liberté !

Mais enfin la satire est-elle avantageuse ?
Allons, la question est pour le moins oiseuse.
Tant que, dans ce bas monde, au lieu des bonnes mœurs,
On verra dominer de grotesques erreurs,
Tant que le mauvais goût pourra remplir ses cadres,
Tant qu'on verra des sots, tant qu'on verra des ladres,
La satire mordante a droit de s'exercer,
Et le plus beau sermon ne peut la remplacer !
Mais on me traitera de censeur téméraire.

« Oh, me dit Alcidas, je crois tout le contraire :
» Tel, que le Dieu des vers n'a jamais inspiré,
» Se vante comme vous d'avoir le feu sacré ;
» Pourtant, si d'Apollon le culte vous attire,
» Faites des vers, très-bien ! mais quittez la satire.
» Les moyens violents doivent être écartés,
» Des conseils pleins de fiel ne sont pas écoutés,
» On écarte l'épine et l'on cueille les roses !
» Il en doit être ainsi dans ces sortes de choses ;

» Soyez plutôt moelleux, l'indulgence avant tout !
» Corrige-t-on un homme en le poussant à bout ?
» Dans vos conclusions vous allez un peu vite,
» Et si, bien convaincu de son propre mérite,
» Celui que vous peignez ne s'est pas reconnu,
» Votre travail, partant, reste non avenu !
» Mais je veux que le trait arrive à son adresse,
» Il serait singulier que l'arme qui nous blesse
» Servît, par contre-coup, à notre guérison !
» Une telle hypothèse outrage la raison.
» Allez, l'esprit du mal vous pousse et vous dirige,
» Car la satire aigrit plus qu'elle ne corrige ! »

Par ce bel argument vous vous croyez sauvé,
Mais d'abord, mon ami, ceci n'est pas prouvé,
Et vos objections, pour être ingénieuses,
Ne sont pas, il s'en faut, des raisons sérieuses.
Il se peut que, frappé d'un fol aveuglement,
Un homme vaniteux s'exalte sottement
Jusqu'à s'imaginer qu'il joue un personnage,
Jusqu'à vilipender sa méprisable image !
Le monde est plein de sots et d'esprits mal tournés,
Et l'on peut rencontrer de ces hommes bornés ;
De nos jours cependant l'espèce est assez rare.
Un avare à coup sûr sait bien qu'il est avare.
Mais voulez-vous qu'on offre à ces esprits obtus
Un tableau retraçant de touchantes vertus ?
Ne vous y trompez pas, ce serait mal connaître
L'objet phénoménal qu'on nomme petit-maître,
Glorieux qui, flatté des charmes d'un portrait,
Vous dit effrontément : C'est le mien trait pour trait !

La satire sur lui n'exerce aucun empire;
Mais le second moyen serait encore pire,
Et mieux vaut, mal pour mal, lui montrer un écueil
Que d'enflammer encor son détestable orgueil !

D'autres, me dites-vous, non moins déraisonnables,
Cherchant à pallier des actes condamnables,
Loin de se convertir se montrent offensés
De voir tous leurs défauts saisis et retracés,
Et dénigrant enfin ce qu'ils viennent d'entendre
Aux meilleures raisons refusent de se rendre !
Pour ceux-là que transporte une aveugle fureur,
Il faut bien renoncer à les tirer d'erreur.
Malheureux par leur faute, ils peuvent être à plaindre,
Celui qui les reprend n'a pas lieu de les craindre ;
Hommes abâtardis, dans le vice obstinés,
C'est un plaisir pour moi quand je les ai bernés.
De leurs honteux penchants rien ne peut les distraire,
Mais ici la satire est encor salutaire,
Et ce qui ne peut être un avertissement
Devient, par cela même, un juste châtiment.

Enfin, si j'ai compris le but de la satire,
Pour la justifier je n'ai qu'un mot à dire :
S'il est des cœurs gâtés qu'on ne peut corriger,
Il est des malheureux auxquels il faut songer.
La satire n'est pas une œuvre de caprice ;
Soyez-en convaincu, c'est en peignant le vice
Qu'on parviendra peut-être à le rendre odieux,
Le couvrir d'un bandeau serait pernicieux ;
Le crime a ses suppôts, le vice a ses apôtres,

Un homme corrompu veut en corrompre d'autres ;
Si le mauvais exemple est si contagieux,
C'est qu'on est indulgent pour les gens vicieux.
On voit de toutes parts le vice se produire,
Peu d'hommes cependant cherchent à le détruire !
C'est une question ou de vie ou de mort,
Jamais sur ses lauriers le vice ne s'endort,
Il tente chaque jour de nouvelles conquêtes,
Mettons-le donc au ban de tous les cœurs honnêtes.
Qu'on rencontre le mal, il faut bien le punir,
Mais pour être équitable on doit le prévenir.
Défions-nous d'un cœur gangrené par le vice ;
C'est un puits dont il faut éclairer l'orifice ;
Oui, l'écrivain sensé, s'il est homme de bien,
Doit fustiger le vice et ne lui passer rien !

Comme un autre, jadis je parlais d'indulgence ;
Mieux instruit maintenant je viens crier vengeance !
L'indulgence est fatale à qui défend ses droits !
Elle pousse le peuple à détrôner ses rois !
Il faut, pour en user, une bien grande adresse,
Elle enhardit un lâche, elle arme la faiblesse,
Elle fait des ingrats en dépit des bienfaits !
On en a que trop vu les funestes effets.

Concluons maintenant : la satire est ancienne ;
Du bon goût et des mœurs intrépide gardienne,
Elle doit, en tout cas, reprendre sans aigreur,
Avertir sans colère et blâmer sans fureur.
Le but qu'elle poursuit est de montrer l'abîme,
De sauver en passant quelque pauvre victime,

D'arrêter l'imprudent qui va faire un faux pas,
Et de le garantir des vices qu'il n'a pas.
Elle a pour le malheur un véritable culte,
Et s'abstient d'un bon mot quand il n'est qu'une insulte.
Elle rit sans pitié des sots prétentieux,
Rend mépris pour mépris à tous les glorieux,
Et poursuit les abus sans trêve ni relâche :
A ces conditions elle remplit sa tâche.
C'est un genre épineux, assez mal renommé,
Que souvent, et pour cause, on a trop diffamé ;
Mais la satire honnête est toujours profitable,
Et son utilité me semble incontestable.

J'aurais pu sur le style émettre mon avis
Et donner des conseils que j'ai fort mal suivis,
Mais il ne me sied point d'afficher trop d'audace,
Et je termine ici ma satire-préface.

SATIRE III.

Du Luxe dans les Villages.

En offrant au public ma nouvelle satire
Je n'ai pas le dessein de provoquer le rire,
J'ai le cœur trop navré des tableaux odieux
Que je vois chaque jour passer devant mes yeux.
J'ai senti bien souvent, dans ma courte carrière,
Une larme trembler au bord de ma paupière
Lorsque, pour mon malheur, mes regards indiscrets
Ont fouillé trop avant dans ces tristes secrets.

Justement effrayé du mal qui nous dévore,
J'en ai cherché la cause et je la cherche encore,
Et lorsque j'entends dire : Un tel s'est ruiné !
Je me souviens alors de son luxe effréné.
Ah, maudit soit le jour où ce fléau funeste
Des mœurs de l'ancien temps anéantit le reste !
On ne reconnaît plus le modeste artisan,

On voit la cigarette aux mains du paysan,
Du travail journalier l'habitude est perdue,
La voix de la raison cesse d'être entendue,
S'il ne veut aujourd'hui passer pour un crétin
Le jeune homme, à vingt ans, doit être libertin,
Des plus simples vertus on voit tarir la source,
Et l'on ne prend plus soin de consulter sa bourse !

On peut se ruiner sans aller à Paris,
Je n'en veux pour garant que l'exemple d'Auris :
Monsieur, laissant les bœufs que conduisait son père,
Confie à d'autres mains le soc héréditaire,
Et, dans son fol orgueil, il croirait s'amoindrir,
Si lui-même prenait le soin de se nourrir.
Puis, rêvant les splendeurs d'une maison princière,
Il fait une villa de son humble chaumière,
Guidé par les conseils de quelques citadins
Il a pavé sa cour et sablé ses jardins,
Pour orner sa maison qui lui semblait trop nue,
Il a fait à grands frais planter une avenue,
La pièce d'eau se creuse au milieu du verger,
On voit une pelouse où fut le potager,
La vieille pommeraie est mise à la réforme,
En parc, en bois-taillis l'herbage se transforme,
Trois grands garçons de ferme ont fait place aux flâneurs,
Et le carré de choux au parterre de fleurs.
Puis de nouveaux besoins stimulent sa paresse,
Auris, à prix d'argent, se donne une maîtresse,
Prend un permis de chasse et s'abonne au journal ;
L'avenue aboutit au chemin vicinal.
Aller à pied, fi donc ! c'est bon pour la roture !

Monsieur, sans plus tarder, achète une voiture,
Et fait avec orgueil admirer son coursier
Quand le cheval de trait maigrit au râtelier.
Sa terre chaque jour devient moins productive,
On commence à laisser la charrue inactive,
Et pour premiers effets de son oisiveté,
Le blé vient à manquer au milieu de l'été !
Il est bien obligé de croire sur parole
Un valet négligent qui le trompe ou le vole ;
Jamais il n'a le temps de monter au grenier,
Mais souvent en revanche il descend au cellier.
Aussi dans ce logis la détresse commence,
Il recourt aux emprunts pour couvrir sa dépense ;
Il serait encor temps de réparer ses torts,
Mais il tâche plutôt d'étouffer ses remords
Par un oubli trompeur qu'il demande à l'orgie
Dans le bouge enfumé de quelque tabagie.
Ses dettes cependant absorbent son avoir,
Le dénouement fatal se laisse apercevoir,
Les billets à payer chez l'usurier s'entassent,
Comme il ne solde rien, les intérêts s'amassent,
L'état de sa fortune est bientôt dévoilé,
Des délais, des crédits le temps est écoulé,
Ses demandes de fonds ne sont plus octroyées,
Les traites des marchands cessent d'être payées,
Et dès qu'on voit l'huissier paraître à l'horizon,
Ceux qu'il crut ses amis désertent sa maison !
Enfin, des créanciers l'inflexible cohorte,
Le mémoire à la main, vient assiéger sa porte,
Et j'apprends un beau jour que monsieur n'a plus rien !
Eh, mon Dieu, c'est tout simple, et je le crois très-bien !

Le luxe est aujourd'hui la lèpre des familles ;
On voit, dans nos hameaux, de pauvres jeunes filles
Pâlir sur le métier, surmonter leurs ennuis,
Epuiser leur santé dans le travail des nuits,
Non pour donner du pain à leur vieille grand'mère,
Non pour prendre leur part des charges de leur père,
Mais bien pour acquérir quelque colifichet,
Quelque ruban nouveau qui fasse un peu d'effet !
Telle que je connais, après de longues veilles,
Convertit ses gros sous en deux pendants d'oreilles ;
Une autre, un peu plus tard, a travaillé six mois
Pour porter la dentelle à la fête des Rois !

Laissez papillonner ces pauvres paysannes,
Et, pendant leur absence, entrez dans leurs cabanes :
Ce n'est plus que misère et que délabrement !
Le cœur saigne à l'aspect d'un pareil changement.
Combien n'ai-je pas vu de simples ouvrières,
Oubliant leur état au seuil de leurs chaumières,
Cacher aux yeux du monde un complet dénuement
Sous les dehors trompeurs d'un frivole ornement !
Oh, n'allez pas surtout les juger sur leur mise,
Elles n'ont bien souvent qu'un lambeau de chemise !

Maintenant, au village, on dit : Mon épicier,
Mon tailleur, ma modiste, et mon marchand mercier !
Chaque dimanche, on voit sur la place publique
De rusés colporteurs étaler leur boutique,
Quelque mode nouvelle attire les regards.
L'appât du bon marché séduit les campagnards,
Et pour peu qu'un marchand montre de complaisance,

Du hameau qu'il traverse il emporte l'aisance.

L'orgueil, le fol orgueil, comme un mortel poison,
Dans ces pauvres cerveaux souffle la déraison.
Je ne distingue plus Suzon de sa maîtresse,
La fille de Pierrot voudrait être duchesse,
L'apprenti cordonnier, le peintre barbouilleur
Se donnent bel et bien des airs de grand seigneur,
Dès qu'on est blanchisseuse on veut être modiste,
Le plus mauvais charron s'intitule ébéniste,
Nous voyons tous les jours de méchants gargotiers
Usurper sans pudeur le nom de cafetiers,
Le cigare a trouvé le chemin du village,
Le petit clerc d'huissier se croit un personnage,
Le simple matelot tranche du bel esprit,
Le meunier qui l'écoute, approuve et renchérit;
L'enfant parle toujours, et chacun de sourire,
L'aïeule l'idolâtre et la maman l'admire,
Et, plein de vanité, le dernier villageois
N'est plus maître de lui quand on dit : mon bourgeois !

Avant de terminer, j'ai quelque chose à dire
A ceux qui par hasard liront cette satire :
C'est en vain qu'on voudrait voir une allusion
Dans un récit qui n'est que pure invention.
J'en appelle au bon sens de l'homme qui raisonne,
Parlant en général je n'attaque personne,
Et si j'ai tant chargé ces différents portraits,
C'est pour que nul n'ait droit d'y retrouver ses traits !
D'ailleurs, si quelquefois je veux blâmer un homme,
Je sais le désigner, et même je le nomme.

Il se peut cependant qu'un esprit de travers
S'obstine à s'appliquer quelques-uns de ces vers ;
Sans doute celui-là me fermera sa porte !
Libre à lui, c'est son droit, après tout, que m'importe ?
N'ayant pas le projet d'invoquer son appui,
J'aurai fort peu de peine à me passer de lui !

    Mais est-ce bien à moi de censurer les autres ?
— « Sans blâmer nos défauts, corrigez-vous des vôtres !
Me diront à coup sûr, ceux que j'ai critiqués,
 » Nous vous suivons de l'œil, si vous nous remarquez,
 » La loi que nous suivons, c'est la mode et l'usage !
 » Pour nous traiter de fous, êtes-vous donc un sage ?
 » Il vous sied bien vraiment de faire le censeur !
 » Avec tous vos grands mots vous n'êtes qu'un jongleur.
 » Ornez de votre nom cette œuvre satirique,
 » Personne, plus que vous, ne prête à la critique,
 » Car l'homme clairvoyant pour les défauts d'autrui
 » Le plus souvent, hélas, est aveugle pour lui ! »

    Ce premier argument suffit pour me confondre,
A ma confusion, je n'ai rien à répondre ;
Eh bien, soit, tout va bien, et j'ai tort de crier,
Chacun, pour son argent, a le droit de briller ;
Je souhaite au fleuriste un jardin à l'anglaise,
A tous les savetiers l'habit à la française,
A la grosse meunière un petit Adonis,
Des gants, un cachemire et des souliers vernis,
Une robe de chambre au couvreur en ardoise,
Des fourrures d'hermine à chaque villageoise,
Vingt mille écus de rente au plus pauvre fermier,

Un bonheur sans nuage au plus riche rentier,
A l'épicier du coin le loisir agréable
De causer politique et de dormir à table !
J'espère bien aussi qu'on verra le matin
La petite vachère en robe de satin,
L'ouvrier qui sait vivre aura, chaque dimanche,
Le cigare à la bouche et la main sur la hanche,
Enfin qu'il ne soit pas jusqu'au petit ânier
Qui ne puisse au besoin prendre un air cavalier !

   Ayez donc moins de fiel pour le pauvre poète ;
Voilà mes bons amis, le mal qu'il vous souhaite !
D'ailleurs, nous savons bien que l'âge d'or est près,
Ce siècle n'est-il pas le siècle du progrès !

SATIRE III.

À Monsieur Paul Auguez,

Rédacteur-Gérant du *Pantagruel*.

VEUX-TU, mon cher collègue, à l'hymen réfractaire,
Pour ta tranquillité vivre célibataire?
Eh bien, ce n'est pas moi qui te donnerai tort!
Certes, quand il s'agit de remettre son sort
A la merci des flots, aux chances d'un naufrage,
Le plus hardi recule et fuit devant l'orage!
Et cependant, Auguez, à bien considérer,
La mer n'a pas d'écueils qu'on puisse comparer
Aux caprices d'un être inconstant et volage
Dont les moindres défauts s'accroissent avec l'âge!
On me pardonnera cet étrange début
Quand on aura compris ma pensée et mon but.

Je ne viens pas, armé d'une brutale injure,

Calomnier ici la vierge chaste et pure
Qui, soumise à sa mère, esclave de l'honneur,
Rêve dans un hymen l'aurore du bonheur.
Je sais qu'on peut trouver une femme fidèle,
Bonne, aimable, sensible, intelligente et belle,
Et le ciel qui forma ce précieux trésor
Pour quelque heureux mortel peut le former encor.
La fable nous transmit la douleur d'Erigone,
Sophocle éternisa les vertus d'Antigone,
L'une suit dans la tombe Icarius mourant,
L'autre vit pour guider les pas d'Œdipe errant ;
Adieu, cœurs généreux, que révérait là Grèce !
Le consulat romain sort du sang de Lucrèce,
L'amour de Pénélope est demeuré vainqueur,
Et celui d'Eponine a pénétré mon cœur.
Mais j'allais oublier le nom d'Iphigénie,
Rome entière suivant le corps de Virginie,
Le dévoûment de Ruth, les pleurs de Niobé,
Et l'amour malheureux de la pauvre Thisbé !
D'autres noms, je le sais, resplendissent de gloire ;
Ces noms-là sont pourtant moins chers à la mémoire,
Et j'aime mieux l'Inès qui me force à pleurer
Que la Sémiramis qu'il me faut admirer !
Je pourrais rappeler quelques femmes lettrées
Que leurs nobles travaux ont jadis illustrées,
J'aime trop leurs écrits pour les vouloir ternir,
Et l'admiration oblige au souvenir.

La femme est quelquefois l'être par excellence,
Le symbole sacré de la sainte espérance,
C'est l'ancre de salut faite pour nous sauver ;

2

Ce que j'ai dit plus haùt ne tend qu'à le prouver.
Je ne te dirais pas : Reste célibataire !
Si le Dieu créateur du ciel et de la terre
Avait toujours formé des anges de bonté,
Mais il faut bien se rendre à la réalité,
Il faut suspendre ici notre concert d'hommages
Et faire nos adieux à ces grandes images !
Nous allons voir passer des monstres revêtus
D'un nom qui fait rêver aux plus douces vertus :
Faut-il mentionner l'odieuse Agrippine,
La sombre Brunehaut, l'impure Messaline,
Médicis complotant la Saint-Barthélemy
Et faisant poignarder un loyal ennemi ?
Je mets bien vite un terme à la nomenclature
De ces noms en horreur à toute la nature :
Tous ces démons en jupe ont répandu le sang.
Imputons, si l'on veut, leurs forfaits à leur rang !
Il n'en est pas moins vrai que la femme est coupable,
Qu'elle est souvent injuste et parfois implacables.
— Vains discours, dira-t-on, des faits ne prouvent rien !
— Dès que vous le voulez, mon Dieu, je le veux bien.
« Adorez, mon ami, ce que le monde adore,
» Mais ce qui s'est passé peut se passer encore !
Un autre répondra, non sans quelque raison :
— Ces exemples fameux ne sont pas de saison,
« L'homme à qui vous parlez est un de nos poètes,
» Et que lui fait à lui si chez les Massagètes
» Thomyris a tranché la tête de Cyrus ?
» Ou si Vasthi déplut au grand Assuérus ?
» Vous choisissez fort mal une très-mauvaise preuve ? »
— Mon Dieu, que voulez-vous ? je n'ai pas fait l'épreuve

» De ces rares vertus, de ces simples beautés

» Que je vois si souvent passer à mes côtés,

» Et s'il fallait toujours savoir ce qu'on va dire,

» Que d'écrivains féconds n'auraient plus droit d'écrire !

» J'ai de bonnes raisons pour vous certifier

» Que je barbouillerais beaucoup moins de papier ! »

Faut-il baisser d'un ton, conseiller charitable ?

J'y consens volontiers pour vous être agréable,

Car vous me semblez être un mari confiant,

Et vous avez raison, c'est très-édifiant.

Si vous n'avez pas peur d'une chanson grivoise,

Lisez-moi les lazzi de l'*Abeille Cauchoise* ;

C'est là que vous verrez des maris attrapés,

Des épouses sans gêne et des amants trompés !

Plus d'un naïf bourgeois vous dira que sa fille,

Sans avoir pris d'époux, s'est montée en famille !

Un autre reste absent pendant un an entier,

Et trouve à son retour un petit héritier !

Vous, c'est un autre cas, votre épouse est si sage

Que vous pouvez sans crainte entreprendre un voyage.

Mais que de longs soupirs, que de cœurs repentants !

Que de maris surtout regrettent le bon temps,

Le temps déjà si loin où, seuls en leurs chambrettes,

Avant l'expérience ils rêvaient d'amourettes !

Ah ! que, si du passé renouvelant le cours,

L'arbitre des destins leur rendait ces beaux jours,

Si, prenant en pitié leurs plaintes légitimes,

Il daignait rajeunir tant de pauvres victimes,

Tel que je connais bien, content de la leçon,

Laverait sa vaisselle et resterait garçon !

Vous, je l'ai déjà dit, vous demeurez hors ligne,
Si vous êtes heureux, vous en êtes bien digne,
Vous savez qu'au besoin il faut fermer les yeux,
Les hommes tels que vous sont toujours précieux !

Ainsi je n'ai nié ni la vertu des femmes,
Ni la bonté des cœurs, ni la beauté des âmes,
J'ai proclamé bien haut leur générosité,
Et rendu témoignage à leur aménité ;
Mais, hélas, j'ai fait vœu d'être franc et sincère,
Et, juge impartial, je suis parfois sévère.
Si le ciel a créé des anges de douceur,
L'enfer nous a vomi des monstres de noirceur ;
Ce n'est pas sans effroi que mon œil envisage
La querelle en jupons, la discorde en ménage,
Et qu'il me faut compter, par un contraste affreux,
Vingt époux désunis pour un seul couple heureux !
Tel qui rêva longtemps une femme sensible
Epousera peut-être une femme irascible,
Et la vierge aux yeux bleus qui le fit soupirer
Est le sombre démon qui doit le torturer !
Mais ici, comme ailleurs, admirons la prudence
De cet Etre discret qu'on nomme Providence,
Et disons : L'hyménée est un jeu de hasard,
Quand on pourrait choisir, il est souvent trop tard !

J'ai voulu te prouver, mon aimable confrère,
Qu'un jeune homme ne peut, sans être téméraire,
Affronter de l'hymen le caprice et la loi ;
Un vieux proverbe dit : Dans le doute abstiens-toi !
C'est, à mon sentiment, le parti le plus sage.

Si tu veux cependant faire l'apprentissage
Que des milliers d'époux sont fâchés d'avoir fait,
Redoute l'amitié d'un mari satisfait ;
« Sa femme est, dira-t-il, d'une bonté touchante ! »
Le beau soulagement, si la tienne est méchante !
Réfléchis à loisir, prends ton temps pour bien voir,
Laisse aux plus empressés le soin de se pourvoir,
Comprime les élans d'une âme trop sensible,
Et ne songe à l'hymen que le plus tard possible.

C'est du moins le conseil d'un homme compétent,
Mari désenchanté, confus et repentant ;
Que de fois il m'a dit en parcourant nos grèves :
Oh, que sont devenus ma jeunesse et mes rêves ?
Je n'ai le cœur content que hors de ma maison,
Qui vit célibataire a mille fois raison !

SATIRE IV.

Le Poète et le Gascon.

LE GASCON.

C'est en vain que, voulant rajeunir la satire,
Aux dépens du prochain vous affectez de rire,
Ce genre détestable, aujourd'hui condamné,
Est l'indice certain d'un esprit mal tourné ;
Avec ces beaux moyens que prétendez-vous faire ?

LE POÈTE.

Vous donner quelquefois un avis salutaire !

LE GASCON.

Un avis ! attendez qu'on l'aille demander,
Jusque-là, notez bien, vous pouvez le garder ;
Je vous trouve plaisant de parler de la sorte,
Un avis, cadédis ! la chose est un peu forte !
Il est bien singulier qu'on m'offre des avis,
Lorsque je prétends, moi, que les miens soient suivis !

LE POÈTE.

Les valeureux enfants des bords de la Garonne
N'ont besoin, je le sais, des leçons de personne,

Mais un conseil d'ami s'accepte en certains cas,
Et s'il ne sert à rien, du moins il ne nuit pas.

LE GASCON.

Les hommes comme moi sont très-forts sur la brette,
On ne les nargue pas. Entendez-vous, poète ?

LE POÈTE.

Eh, mon Dieu, calmez-vous. Qui songe à vous narguer ?
Je parle d'un conseil, tâchons de distinguer.
Ainsi, lorsqu'il s'agit d'un homme de mérite,
C'est à vous que l'on pense et c'est vous que l'on cite ;
Mais vous pourriez, dit-on, vous vanter un peu moins.

LE GASCON.

Comment l'entendez-vous ? J'ai plus de cent témoins
Tout prêts, tout disposés à rendre témoignage
A mes rares vertus, à mon noble courage ;
Je sais ce que je vaux, l'honneur seul est ma loi,
Je vais tête levée et je suis fier de moi !

LE POÈTE.

Alors, raison de plus pour garder le silence ;
Il convient beaucoup mieux qu'un autre vous encense.

LE GASCON.

Je le dis hautement à qui veut m'écouter,
Je suis un honnête homme, et je veux me vanter !

LE POÈTE.

Voilà précisément d'où vient notre querelle ;
La modestie est tout, l'honneur n'est rien sans elle !

LE GASCON. (Vivement.)

Pour mon compte, merci de votre humilité !
Je l'appellerai, moi, de la simplicité.
J'ai servi mon pays, je veux que l'on me paie,
Mais je n'accepte point de semblable monnaie.

LE POÈTE.

D'une belle action le mérite est perdu,
Pour peu que l'on rappelle un service rendu !

LE GASCON.

Etre un homme de bien sans le faire connaître !
Cadédis, vous riez, je ne voudrais pas l'être.
Si je vous écoutais je serais ignoré.

LE POÈTE.

Eh non, votre amour-propre a tout exagéré,
Comprenez donc enfin.....

LE GASCON. (Interrompant.)

Je ne veux rien comprendre ;
Je suis bon, je le dis, c'est justice me rendre !

LE POÈTE.

L'orgueil vous rend aveugle, et votre humanité,
Loin d'être une vertu, n'est qu'une cruauté ;
Quand on force à rougir le pauvre qu'on soulage,
On change le bienfait en un sanglant outrage ;
Mieux vaudrait mille fois ne jamais rien donner
Que de faire une aumône et d'aller la prôner !
Des bienfaits divulgués Dieu ne nous tient pas compte.

LE GASCON.

Je vous ai déjà dit que j'ai la main fort prompte ;
Ma patience, au fait, commence à se lasser.

LE POÈTE.

Avouez votre tort, le débat va cesser.

LE GASCON. (Riant.)

Tudieu ! j'aime beaucoup cette dernière chose ;
Vraiment, si je me tais, vous aurez gain de cause ;
Avouer que j'ai tort quand j'ai cent fois raison !
Croyez-vous bonnement que je sois un oison ?

LE POÈTE.

Un oison, juste ciel ! Ah ça, vous voulez rire ;
Si j'osais le penser oserais-je le dire ?
Un oison ! quelle horreur ! je suis trop circonspect
Pour oser à ce point vous manquer de respect ;
Un oison ! croyez-vous que je sois las de vivre ?
Je frémis en songeant que mort pourrait s'en suivre !
Vous qui cent fois le jour parlez de dégaîner,
Peste ! il faut réfléchir avant de vous berner !
Je veux qu'en nos rapports nous soyons bien ensemble.
Un oison ! fichtre non.

LE GASCON. (A part.)

(Haut.)   Le pauvre garçon tremble !
Celui qui prétendra me prouver que j'ai tort
Peut se considérer comme étant déjà mort !

LE POÈTE.

Je me garderai bien d'une telle imprudence !
D'ailleurs, il faut toujours se rendre à l'évidence,
L'homme qui parle haut est sûr d'avoir raison,
Et s'il porte une épée il n'est pas un oison.

LE GASCON.

Très-bien. C'est à présent que j'aime à vous entendre.
Je suis homme de cœur, et si, pour le défendre,
Louis-Philippe eût eu des soldats tels que moi,
Je vous le certifie, il serait encor Roi !

LE POÈTE.

Je le crois bien ! d'ailleurs vous avez fait vos preuves.

LE GASCON.

J'ai passé, cher ami, par de rudes épreuves :
Ainsi, dès que j'apprends que l'on attaque Alger,
Sans mesurer en rien la grandeur du danger,

3

Doué de père en fils d'un courage électrique,
Je fais mon petit sac et je pars pour l'Afrique !

LE POÈTE.

Aubert m'en a touché jadis un petit mot,
Le sort vous fut fatal.

LE GASCON.

Votre Aubert n'est qu'un sot,
Car le jeune soldat qui n'est pas réfractaire
A bien droit, ce me semble, au nom de volontaire.

LE POÈTE. (A part.)

C'est savoir se tirer d'un assez mauvais pas.
Le reste du récit ne m'étonnera pas.

LE GASCON.

J'ai fait pendant dix ans la guerre des montagnes,
Je compte six combats et plus de vingt campagnes,
J'ai mis sur le carreau deux marquis africains,
Et j'ai fait crier grâce à trois ducs marocains.

LE POÈTE.

Je ne leur croyais pas ces titres de noblesse !
Mais n'importe, achevez ; le récit m'intéresse.

LE GASCON.

J'ai vu fuir devant moi quatre Emirs des Bédouins.

LE POÈTE.

Quatre Emirs, dites-vous !

LE GASCON.

Quatre ! ni plus ni moins

LE POÈTE.

Mais ils n'en avaient qu'un, à ce que dit l'histoire.

LE GASCON.

Ceux qui disent cela n'ont pas bonne mémoire,
Mais moi, Denis Perrin, qui les ai culbutés,

Je sais ce qu'il en est, et je les ai comptés.

Leurs titres, au surplus, ne font rien à la chose,

Et je vous garantis que là tout n'est pas rose.

LE POÈTE.

Aubert, l'ancien chasseur, vous a connu soldat?

LE GASCON.

Sans doute.

LE POÈTE.

      Aubert prétend qu'après un long combat

On vous a vu sortir d'une obscure cachette !

LE GASCON.

Eh oui ! j'étais allé me placer en vedette.

LE POÈTE.

Dans un trou ?

LE GASCON,

      Pourquoi non ?

LE POÈTE.

                  Je ne saisis pas bier

LE GASCON.

C'est de la stratégie où vous n'entendez rien.

LE POÈTE.

Vous, blotti dans un trou ! Le fait n'est pas croyable,

Ou du moins, pour mieux dire, il est invraisemblable.

LE GASCON.

Je vais vous l'expliquer, si c'est votre désir,

Mais c'est uniquement pour vous faire plaisir;

Car, après tant d'exploits, mon honneur est sans tache,

Et j'ose me flatter de n'être pas un lâche !

Je le dis tous les jours, vous savez.

LE POÈTE.

                      En effet.

Mais laissons ces détails pour arriver au fait.

LE GASCON.

Avant de mettre au jour ma savante tactique,
Je dois parler des mœurs des peuples de l'Afrique.....

LE POÈTE. (Interrompant.)

J'ai de bonnes raisons pour vous en dispenser,
D'autres se sont chargés de nous les esquisser.

LE GASCON.

Nous marchâmes un jour, en assez petit nombre,
Contre quelques tribus qui s'agitaient dans l'ombre;
Il fallait réprimer ces peuples turbulents.
Le général en chef me fit part de ses plans;
Comme chacun entend la guerre à sa manière,
Sa façon d'ordonner me parut singulière,
Et sans perdre mon temps à le déconseiller,
Je me promis tout bas de le bien surveiller.
La valeur, vous savez, n'exclut pas la prudence.

LE POÈTE.

Je sais très-bien cela, c'est de toute évidence.

LE GASCON.

Le général comptait les prendre au dépourvu,
Mais il se trompait fort, je l'avais bien prévu !
Nous eûmes sur les bras près de douze mille hommes !
Il fallut reculer, tout Français que nous sommes,
Devant un ennemi quatre fois plus nombreux.

LE POÈTE.

Ah diable !

LE GASCON.

Heureusement, je ne suis pas peureux !
Ma présence d'esprit fut vraiment incroyable,
Et je pris un parti qui me semble admirable !

LE POÈTE.

On vous a vu courir au plus fort du danger ?

LE GASCON.

Pas du tout. L'action venait de s'engager :
« Tiens ! dis-je, nous pouvons être pris par derrière ! »
Ce soupçon qui me vint fut un trait de lumière,
Et j'allai me poster à l'abri d'un caisson !
Hein ! comment trouvez-vous ce tour de ma façon ?

LE POÈTE.

C'était songer de loin à l'honneur de la France !
Vous avez un beau titre à sa reconnaissance,
Et je conviens qu'Aubert est injuste envers vous.

LE GASCON.

Je vous le disais bien, cet homme est un jaloux.
— C'était le seul moyen d'empêcher notre perte,
Et je me tenais là, prêt à donner l'alerte !

LE POÈTE.

C'est du patriotisme au suprême degré,
L'illustre d'Artagnan n'eût pas mieux manœuvré.

LE GASCON.

D'Artagnan, dites-vous ? Un ancien militaire ?

LE POÈTE.

Quelque chose approchant. C'était un Mousquetaire.

LE GASCON.

Oh, je le connais bien, c'est un de mes cousins,
Le château de mon père et le sien sont voisins.
— Voilà tout le secret ! c'était hardi, j'espère,
Mais le patriotisme est dans mon caractère.

(A part.)

Hein ! ce que c'est pourtant que de bien pérorer !
Le voilà tout confus et prêt à m'admirer.

LE POÈTE.

Votre explication est très-satisfaisante.

LE GASCON.

Voilà déjà longtemps que cet Aubert plaisante.
Dans son propre intérêt songez à l'avertir
Que je saurai bientôt l'en faire repentir.

LE POÈTE.

C'est vrai qu'il va trop loin, ce n'est plus tolérable.

LE GASCON.

Nous saurons dès demain s'il est invulnérable,
Et quand il sera là, devant Denis Perrin ;
Vous le verrez tout fier de changer de refrain.

LE POÈTE.

Ma foi, j'en suis bien aise, et je m'apprête à rire.

LE GASCON.

Ah, je lui montrerai ce que parler veut dire !

LE POÈTE.

Voyez un peu : j'allais jusqu'à vous soupçonner !
J'en suis encor honteux ! Veuillez me pardonner.

LE GASCON.

Comment donc ! votre excuse est dans votre ignorance,
Nous sommes tous les jours trompés par l'apparence.

LE POÈTE.

Je ferai mon profit de ce court entretien ;
Je reconnais en vous un grand tacticien,
Vous êtes un héros, peut-être davantage ,
Mais j'admire surtout ce qu'il faut de courage
Pour rester spectateur en un pareil moment ;
Je ne m'y connais pas, ou c'est du dévoument !
C'est à vous que revient l'honneur de la journée

LE GASCON. (Fièrement.)

La horde des Bédouins fut presque exterminée,
Mes cinq autres combats sont aussi glorieux.

LE POÈTE.

Vous étiez pour l'armée un homme précieux.

LE GASCON.

On ferait un roman avec mes aventures !
Et je suis revenu sans aucunes blessures.

LE POÈTE.

Adieu. Je suis tenté d'embrasser vos genoux !

LE GASCON.

Adieu donc, cher ami ! Je suis content de vous !

SATIRE V.

Un Villageois et sa Muse.

Je voudrais me lancer dans une autre satire,
Ma muse par malheur ne trouve rien à dire ;
Parbleu, si je chantais la pluie et le beau temps,
Les rois et les bergers, l'amour et le printemps?
Allons, ma muse, allons, montrez un peu d'audace,
Tout n'est-il pas permis aux enfants du Parnasse?
Eh, qu'importe qu'un mot soit placé de travers,
Pourvu que ce mot-là tombe à la fin du vers?
Boileau, me dites-vous, a sifflé Titreville !
La critique aujourd'hui n'est pas si difficile,
Il suffit, croyez-moi, qu'un vers soit mesuré,
Le poète est toujours assez bien inspiré.
Vous voudriez choisir un sujet raisonnable !
Dans vos prétentions je vous trouve admirable ;
Cette vieille raison n'a rien à faire ici,

Les muses de nos jours ne parlent pas ainsi.
Est-ce que par hasard Despréaux vous impose ?
Despréaux ! allons donc, c'est bien la moindre chose
Que vous puissiez aussi vous soustraire à ses lois.
La raison ! Eh, mon Dieu, c'était bon autrefois,
On ne tenait pas moins au bon sens qu'à la rime,
Négliger la raison était alors un crime,
Mais depuis ce temps-là les modes ont changé !
Aujourd'hui le bon sens est de droit outragé ;
Franchement, la raison n'est pas très-nécessaire,
Ce n'est qu'un accessoire, une simple misère.
Imaginer sans suite et rimer au hasard,
C'est le *nec plus ultrà*, le grand secret de l'art !
Laissez à son oubli ce Boileau qui divague,
Prenez un vol hardi, lancez-vous dans le vague,
Ecrivez sans sentir ce que vous écrirez,
Commencez sans savoir comment vous finirez ;
Mettez effrontément, sans que rien vous arrête,
Et la tête à la queue et la queue à la tête.
Surprenez le dieu Mars dans les bras du sommeil,
Faites d'un ver luisant un splendide soleil,
Qu'un riant horizon à vos yeux se déploie,
Ah.... vous auriez besoin de quelque rime en *oie !*
Depuis que Cochinat a fait son beau sonnet,
Il n'en reste plus une au fond de mon cornet !
Qu'un riant horizon à vos yeux se découvre,
Que du vallon sacré le sanctuaire s'ouvre ;
Et dans ces lieux qu'habite un pur et chaste amour,
Préparez le *ciment* d'un éternel *séjour* !
Eh bien !... en quoi ce vers vous prête-t-il à rire ?
Le *ciment* d'un *séjour* ne peut-il point se dire ?

— La belle expression! quel galimatias !
L'esprit doit rejeter ce qu'il ne comprend pas ;
C'est simplement absurde. — Ah ! vous êtes à plaindre !
Si Cochinat l'a dit, vous n'avez rien à craindre.
— Cochinat ! — Oui vraiment, c'est une autorité,
Votre petit orgueil en aurait-il douté?
Vous me faites pitié, vous, muse villageoise,
Fière de vos exploits dans l'*Abeille Cauchoise*,
Auriez-vous par hasard quelque velléité
De reprendre un auteur que Paris a goûté?
Admirez bien plutôt et songez à vous taire,
Imitez Cochinat, l'homme du *Mousquetaire*,
Ou sachez vous résoudre à garder vos travaux
Pour les quelques lecteurs de nos petits journaux.
— J'y souscris volontiers ; mais laissez-moi tranquille
De votre Cochinat qui m'échauffe la bile ;
Le *ciment* d'un *séjour !* quel cerveau détraqué !
On dirait d'un Anglais fraîchement débarqué !
Que cet homme-là verse à des cochers de fiacre
Les flots par trop amers de sa poésie âcre !

Fatalité ! mon front, couvre-toi d'incarnat,
Ma muse ne sait pas comprendre Cochinat !
Elle trouve, de plus, son allure emphatique,
Son style sec et dur, sa poésie étique,
Et désire qu'il prenne un ton plus naturel,
S'il veut avoir la paix avec *Pantagruel !*

SATIRE VI.

SUR LA FRANCHISE.

A M. le baron Frédéric de Reiffenberg,

Rédacteur en chef du *Pantagruel*.

Je choisis mes sujets et je rime à ma guise,
Aujourd'hui, Reiffenberg, je cherche la franchise;
Despréaux l'a jadis refusée aux Normands,
De nos jours Paul de Kock la dénie aux amants;
Je ne demande plus où Dieu peut l'avoir mise :
On vient de la trouver aux bords de la Tamise !
Mais si tu veux pourtant t'égarer sur mes pas,
Nous chercherons chez qui cette vertu n'est pas.

Feuilletons des anciens l'histoire fabuleuse :
Partout la race humaine était fausse et trompeuse,
Et nous trouvons la ruse et la mauvaise foi
Chez le simple berger comme chez le grand roi.

Chez le peuple romain la Franchise eut des temples ;
On invoqua son nom , mais sans prêcher d'exemples ,
Et tout en protestant de sa sincérité
Rome dut sa grandeur à sa duplicité.
Remontons , si tu veux , jusqu'aux temps héroïques
Où l'on n'embrouillait pas les affaires publiques :
Le grand Agamemnon ne fut qu'un franc vaurien ;
Sinon était un Grec et Pâris un Troyen :
Celui-ci , ne voyant que la beauté d'Hélène ,
Déshonora son hôte et mérita sa haine ,
Il avait dans le cœur assez d'improbité
Pour violer les droits de l'hospitalité ;
L'autre , encore plus faux , encore plus indigne ,
S'est immortalisé par une fourbe insigne ,
Et la dernière nuit de la triste Ilion
Est là pour attester sa dépravation !

    Mais vouons à l'oubli ces hommes qu'on abhorre ;
C'est un tort , à mon sens , que de parler encore
Et du fourbe Sinon et du lâche Pâris ;
Ces noms n'auraient pas dû paraître en mes écrits.
J'oublie en ce moment cette utile maxime ,
Qu'on devrait s'abstenir de publier le crime.
On a vu quelquefois de ces hommes obtus
Qui se sont illustrés sans avoir de vertus ,
Ils ont pu néanmoins transmettre à la mémoire
Jusqu'aux moindres détails de leur honteuse histoire,
Enfin ils ont joui de la publicité
Que l'on donne toujours à la perversité.
Cet éclat qui s'attache aux coups de la justice
Est, si je ne m'abuse , un appât pour le vice ;

Enregistrer sans choix le mal comme le bien ,
C'est du moins , en tout cas , un fort mauvais moyen ,
Car ne l'oublions point : dans l'excès de la honte ,
Un homme ambitieux trouve souvent son compte.
On vit un insensé , dans un moment d'orgueil ,
Aux gouffres de l'Etna demander un cercueil ,
Et de nos jours encor le nom d'Eratostrate
N'est guère moins connu que le nom de Socrate !

   — « Ah , bien ! dira quelqu'un , que vient-il conter là ?
» Le verbeux écrivain , le pédant que voilà !
» Au but, poète, au but ! Tu fais une bévue,
» Le but que tu poursuis disparaît à ma vue,
» Es-tu dans ton sujet, quand tu blâmes les lois,
» Les héros, les bergers, les peuples et les rois ? »
Au fait, c'est un peu vrai. Mais enfin, quoi qu'on dise,
En m'écartant du but, je parle avec franchise.

   J'ai fouillé les débris de l'univers païen,
Je cherche la franchise et je n'aperçois rien ;
Remuons maintenant le monde catholique,
Et voyons si l'on suit la règle évangélique.
— « Parcourez l'univers de l'un à l'autre bout,
Me dira ce marchand, la franchise est partout,
» On la trouve sur terre, on la trouve sur l'onde,
» Elle habite aujourd'hui les quatre coins du monde ;
» Tous mes correspondants vantent ma loyauté,
» Ma maison ne fleurit que par ma probité..... »
— « Doucement, mon ami, vous prenez mal la chose.
» Et pourquoi, s'il vous plaît, vous mettez-vous en cause ?
» De votre probité l'on n'est pas ignorant,

» Et certes au besoin je m'en ferais garant.

» Mais raisonnons un peu, monsieur du gros commerce,

» Car il n'est pas, dit-on, de roulier qui ne verse ;

» N'apportons au débat nulle prévention,

» Et tâchez de répondre à cette objection :

» Un étranger viendrait, sans savoir qui vous êtes,

» Vous parler d'un confrère en termes très-honnêtes,

» Il voudrait obtenir quelque renseignement,

» Votre avis serait-il donné très-franchement ?

» N'auriez-vous point en vous quelque arrière-pensée ?

» Oui. Votre fierté même, à chaque mot blessée,

» Saurait mettre un obstacle à la prospérité

» De cet heureux rival mal à propos vanté,

» Et je doute très-fort qu'un moment de franchise

» Compensât le débit de votre marchandise ! »

Laissons-là ce marchand et parlons des auteurs.
Hélas, beaucoup d'entre eux ne sont que des flatteurs !
N'est-il pas douloureux de voir tant de poètes
Se faire de l'orgueil les honteux interprètes,
Louer à grand effort quelques célébrités,
Et, pour un peu d'argent, subir leurs volontés ?
Qu'on ne m'impute point de projets téméraires,
Je n'ai pas le dessein de blâmer mes confrères ;
Si j'en juge par moi, chacun fait ce qu'il veut,
Ecrit comme il l'entend, et rime comme il peut.
Mais combien aujourd'hui d'écrivains s'avilissent
En se faisant petits devant ceux qui grandissent !
Je m'indigne en lisant ces monstrueux écrits
Voués, dès leur naissance, au plus profond mépris.
Combien n'a-t-on pas vu de scribes mercenaires

Admirer des vertus toujours imaginaires,
Puis offrir leur hommage à d'autres déités,
Reniant lâchement ceux qu'ils ont exaltés !
Dis-moi donc, Reiffenberg, où trouver la franchise !

La voyons-nous fleurir parmi les gens d'église ?
Oh! non, je ne veux pas évoquer dans mes vers
Ces humbles pénitents qu'un cilice à couverts ;
Mon cœur est tout amour pour le christianisme !
Soyons même indulgents envers le fanatisme :
Tu le sais comme moi, le malheur des Français
Est de porter l'amour et la haine à l'excès !
Mais je dois flageller ces lâches hypocrites
Qui, sans cesse affectant de suivre tous nos rites,
Vont au pied des autels dire leurs *oremus*,
Comme on lit l'almanach de feu Nostradamus.
Ceux-là qu'on voit toujours prosternés sur la pierre
Sont bien les faux dévots dont a parlé Molière !
Ces gens pervers, sans foi, la honte du saint lieu,
Seront couverts d'opprobre au tribunal de Dieu !
Dis-moi donc, Reiffenberg, où trouver la franchise !

M'en irai-je frapper à la porte de Lise ?
Mais cette porte s'ouvre au premier soupirant,
Et son cœur, toujours libre, est au plus cher offrant !
L'amant qui se présente est l'amant que Lise aime,
Et certes ce serait un embarras extrême
S'il lui fallait compter les infidélités
Faites à des amants qu'elle n'a pas comptés !
Et d'ailleurs, à quoi bon lui donner cette peine ?
Un naïf *Pluchonneau*, fier de quelque fredaine,

L'entend avec bonheur lui jurer qu'à jamais
Il est sûr d'un amour qu'il retient à grands frais !

Mais laissons là Paris et ses amours volages,
Allons, mon cher confrère, allons dans nos villages,
Nous y verrons l'astuce et la déloyauté.
Vois-tu venir à nous ce paysan crotté?
Il affiche aujourd'hui des qualités sans nombre,
Des vertus d'apparat dont il n'eut jamais l'ombre,
Il se montre empressé, patelin, doucereux,
Il saura plusieurs mois feindre d'être amoureux,
En un mot, il courtise une riche fermière,
Il veut dans ses filets prendre quelque héritière;
Bientôt vertus, amour, tout aura disparu,
Et la mère aura droit de maltraiter sa bru !

Mais il faut mettre un frein à mon humeur caustique,
Mon pied vient d'effleurer l'arène politique,
Le terrain où je marche est un terrain brûlant,
Chaque mot est un glaive, et l'on tue en parlant!
Je terminerai donc en prenant pour devise :
Hors d'un cercle d'amis il n'est pas de franchise;
Il faut de l'amitié resserrer les liens,
Un ami véritable est le plus grand des biens !

SATIRE VII.

————◆●◆————

Si j'écris aujourd'hui ma septième satire,
Ce n'est point pour céder au plaisir de médire,
J'exécute un dessein dès long-temps arrêté
D'exprimer ma pensée en toute liberté.
Libre de toute entrave et de toute contrainte,
Disant la vérité, je parlerai sans crainte,
Et j'oserai toujours critiquer et blâmer
Ce que l'homme de bien ne saurait estimer.
Ce genre cependant, jadis plein de rudesse,
Exige de nos jours du tact et de l'adresse,
Il a bien ses dangers et ses désagréments ;
Le monde nous oblige à des ménagements ;
Notre société, si haineuse et si fière,
Ne pardonnerait pas à la muse grossière
Qui, reprenant ses torts sans lui rien déguiser,
Se ferait un devoir de la désabuser.

Mais avant d'aborder un sujet aussi grave
Je signale d'abord une première entrave :
Un auteur satirique, aux yeux de bien des gens,
Est rangé sans appel au nombre des méchants ;
Funeste préjugé qu'il est bon de détruire.

4

La satire a pour but de reprendre et d'instruire,
La vérité lui plaît, et le reste n'est rien ;
Le sévère Boileau fut un homme de bien ;
Et malgré son état, notre illustre Molière
Etait chaste de mœurs et doux de caractère ;
Gilbert, calomnié, pauvre, sans feu ni lieu,
Fut heureux de trouver un lit à l'Hôtel-Dieu ;
Voilà ceux qu'on proscrit, ceux qu'on a voulu peindre
Comme des gens sans foi, comme des gens à craindre,
Comme des chiens hargneux dont il faut se garder,
Comme d'affreux tyrans qu'on fait bien de fronder !
Salut, noms immortels, que j'aime et que j'atteste,
C'est contre cet arrêt que ma plume proteste !
On rendrait témoignage à votre aménité,
Si vous n'aviez pas eu tant de sincérité !

Je ne mérite pas un pareil anathème,
Car je ne suis ni bon ni méchant par système ;
Si, d'après Fénélon, le monde est de travers,
Ne m'est-il pas permis de le dire en mes vers ?
Surtout que nul ne vienne alléguer ses usages,
Pour être consacrés ils n'en sont pas plus sages !
Mon pouvoir ne va pas jusqu'à les réformer,
Mais qu'on m'accorde au moins le droit de les blâmer.
Je sais qu'il faut un voile à la vérité nue,
Qu'un poète est astreint à quelque retenue,
Mais je dirai toujours ce que permet la loi,
Et le bras d'un puissant ne pèse pas sur moi.

Je ne me flatte point d'obtenir le suffrage
De ceux dont mes crayons ont retracé l'image ;

Se piquant sottement d'une vaine fierté ,
Celui qu'on avertit croit qu'il est insulté ,
Et c'est un grand hasard s'il ne tâche de nuire
Au poète imprudent qui cherchait à l'instruire ;
C'est fâcheux , j'en conviens , mais sera-ce un motif
Pour garder le silence et rester inactif ?
Nullement, que je sache. — Il n'est pas de poète
Qui n'ait des détracteurs, quelque sujet qu'il traite ,
On ne plaît à personne en voulant plaire à tous !
Mais l'homme de bon sens m'aura bientôt absous
Quand il connaîtra mieux ce qu'aujourd'hui je tente.

Ah si , dans ses écrits , ma muse impertinente ,
Au lieu de s'attaquer à de petits travers ,
Jouait effrontément sur d'illustres revers ,
On aurait bien raison de blâmer la satire ,
Ou , pour être plus juste , il ne faudrait pas lire
L'auteur audacieux pour qui rien n'est sacré.
Mais ce n'est pas ainsi que mon plan est tiré ;
Je sais tout le respect qu'on doit à l'infortune ,
On ne m'entendra pas , d'une voix importune ,
Bafouer l'indigence, insulter au malheur,
Ni d'un sarcasme affreux poursuivre la douleur ;
Mon Dieu , vous m'avez mis trop de fierté dans l'âme !
C'est pour les méchants seuls que je garde le blâme ,
Et je saurai toujours, en redressant les torts ,
Avertir les vivants et respecter les morts !

—« Vraiment, dira quelqu'un , vos discours sont étranges,
» On peut trouver encore à placer des louanges ;
» Découvrir des vertus chez un homme influent ,

» C'est prouver à la fois son tact et son talent ;

» Mais la satire , fi ! c'est un genre exécrable !

» Un auteur satirique est toujours misérable !

» Vous qui parlez si bien du malheureux Gilbert ,

» Pouvez-vous ignorer combien il a souffert ?

» Laissez là , croyez-moi, ces projets de réforme ,

» C'est un anachronisme, une bévue énorme ,

» Jamais on n'a conçu de projet aussi vain.

» Osez-vous espérer, vous, obscur écrivain ,

» Que votre faible voix , en ces temps de licence,

» Sur l'avenir de l'homme aura quelque influence ?

— » Moi ! je n'espère rien , je puis vous l'assurer.

— » D'ailleurs en ce temps-ci que peut-on espérer ?

» Ne vous faudrait-il pas voir une anomalie

» Remplacée à l'instant par une autre folie ?

» Sachons nous en tenir à ce que nous avons ,

» Et garder nos abus tels que nous les trouvons.

» Cyrille est un faquin, Lise est une arrogante,

» Clémentine est volage et Laure extravagante !

» Que vous font ces travers qui ne vous coûtent rien ?

» Au lieu de vous fâcher, trouvez tout cela bien.

» Quand vous direz bien haut qu'Euphrosine est coquette,

» Pensez-vous que vos vers la rendront plus discrète ?

» Fier d'un bien mal acquis, intrigant et rusé,

» Alidor aujourd'hui se trouve bien posé !

» Faites-lui votre cour, vous aurez son suffrage. »

— Sans doute ce parti serait celui d'un sage,

Mon ami, vous donnez d'excellentes leçons,

Votre morale est saine , et vos avis fort bons ;

Avec de tels moyens celui qui vous écoute

Est à peu près certain de bien faire sa route.
Que voulez-vous pourtant? Ce n'est pas mon humeur,
Et je suis l'ennemi de mon propre bonheur.
Ainsi, lorsque je vois un faquin apparaître,
J'éprouve un soubresaut dont je ne suis pas maître,
Ma colère à l'instant commence à s'allumer,
Je lui cède la place et je m'en vais rimer.
Que je voie une femme, (et ce n'est pas très-rare),
Afficher en tous lieux l'orgueil qui la dépare,
Faire à propos de rien acte d'autorité,
Et régler la maison de par sa volonté,
Plaignant le pauvre époux de cette harengère,
Je cours sur le papier décharger ma colère.
D'autres causes encor que je pourrais citer
Viennent cent fois le jour m'aigrir et m'irriter,
Et quand j'aurais conçu le projet de me taire,
J'oublierais à coup sûr cet avis salutaire.
Quant au sombre avenir que vous me présagez,
Mes plans, à cet égard, ne seront pas changés.
Cessez de m'effrayer par un sinistre augure;
En acceptant mon sort sans plainte et sans murmure
Je suivrai le chemin que d'autres m'ont ouvert,
Dussé-je à l'Hôtel-Dieu mourir comme Gilbert!

SATIRE VIII.

———

A M. Ardusset,

Membre de l'*Union des Poètes.*

———

Si tant d'hommes, cherchant un bonheur qui les fuit,
Appellent le repos de l'éternelle nuit,
Ou, prompts à saluer de vagues espérances,
Tâchent de s'endormir sur leurs propres souffrances ;
D'autres, coulant leurs jours au milieu des plaisirs,
Servis par la fortune au gré de leurs désirs,
Enfants dénaturés du Dieu qui les assiste,
N'ont jamais soupçonné que le malheur existe !
Entre ces deux états le monde est partagé.

Le prophète David pleure avec l'affligé ;
Jeanne d'Arc doit mourir pour prix de son courage,
Un prince l'abandonne, un poète l'outrage ;
Un homme sans crédit trouve des détracteurs,
Le plus vil courtisan a des admirateurs ;

Un illustre monarque a fermé la paupière,
Et ceux qu'il vit ramper insultent à sa bière!

Un homme vaniteux, qui veut être loué,
Doit s'attendre qu'un jour il sera bafoué,
Et l'écrivain banal qui lui vend un éloge
Doit peut-être plus tard noircir son nécrologe.
Les hommes, ennemis de la duplicité,
Courent, à les entendre, après la vérité;
La plupart cependant craignent de la connaître.
Un vieux proverbe dit : Est trompé qui veut l'être !
D'un prestige emprunté bientôt dépossédés,
Ces demi-dieux d'un jour seront vilipendés.
Le cœur des faux amis change avec la fortune,
Ils ont soin d'éviter la présence importune
De l'homme malheureux qu'un fatal changement
Oblige à réclamer leur ancien dévoûment.

Comme un autre, Ardusset, j'aurais bien pu peut-être
Faire fumer l'encens et me donner un maître,
J'aurais pu dans mes vers viser au merveilleux,
Eriger en héros quelque sot orgueilleux ;
Mais faut-il convertir en instrument funeste
Un don que j'ai reçu de la bonté céleste ?
Faut-il entretenir la folle passion
D'un fat aiguillonné par son ambition,
Fatalement enclin à se croire un grand homme,
Et qui, pour s'admirer, n'attend pas qu'on le nomme ?
Ami, j'ai fait mon choix, et ma bouche aime mieux
Consoler la douleur que flatter les heureux !

Mais il me vient aussi de singuliers caprices :
J'ai parfois le projet de flageller les vices,
De rendre à leur néant des hommes revêtus
D'un pouvoir usurpé qui n'est dû qu'aux vertus,
D'armer mon faible bras contre l'apostasie,
Et de stigmatiser l'affreuse hypocrisie.
Peut-on voir de sang-froid des hommes arrogants
Accorder leur faveur à de vils intrigants,
De riches désœuvrés marchander un sourire,
D'ennuyeux harangueurs acharnés à médire ?
Il faut bien cependant ouïr ce conseiller
S'étendre sur un point qu'il ne fait qu'embrouiller,
Des pédants discourir sans qu'on les interroge,
De sots réformateurs mendier un éloge,
Un avocat verbeux, trop long-temps écouté,
Se louer sans pudeur de son absurdité !......
On vous débitera de fades inepties
Qu'il faudrait applaudir comme des facéties !
Vous rencontrez partout des gens à calembours
Qu'il est bon d'approuver dans leurs plus sots discours !
Un autre vient vous lire un sonnet misérable
Que vous devez pourtant proclamer admirable !
Avertir un auteur qu'il a fait un faux pas,
C'est un crime inouï qu'il ne pardonne pas ;
Pour bien faire sa cour à ce rat du Parnasse,
Il faut battre des mains, quoi qu'il dise ou qu'il fasse,
Avancer hardiment que, dans tous ses travaux,
Il est bien au-dessus de ses pâles rivaux,
Acclamer sa présence, épouser ses querelles,
Et trouver de l'esprit dans quelques plats libelles !

Ceci n'est rien encore. Etes-vous indigent?
Vous faites-vous besoin de crédit ou d'argent?
Ecoutez les conseils d'une saine prudence :
Gardez-vous d'affecter un air d'indépendance,
Dès que vous avez dit : Je suis votre obligé!
Vous êtes à celui qui vous a protégé.
Vous lui devez en tout l'aveugle obéissance
Que le monde abusé nomme reconnaissance.
En vain je flétrirais la fausse charité
Qui s'exerce aux dépens de votre liberté,
Rien ne peut vous soustraire à cette servitude,
Rien, ce serait l'aveu de votre ingratitude!
Oui, votre protecteur vous tient dans ses filets,
Vous êtes par là même au rang de ses valets,
Il faut de votre cœur étouffer le murmure,
Trouver de la clarté dans dans une phrase obscure,
Seconder tous ses plans, l'appuyer en tout point,
Comprendre ce qu'il dit et ce qu'il ne dit point,
Il faut rire aux éclats quand son front se déride,
Suer à ses côtés quand il lâche la bride,
Blâmer ouvertement ce qu'il a contrôlé,
Et lui donner raison avant qu'il ait parlé.

Et pourtant, Ardusset, dans le siècle où nous sommes
Voilà quel est le sort de la plupart des hommes!
Parce qu'on a besoin d'un puissant protecteur,
Il faut courber la tête et devenir flatteur!
Mais c'est encore pis quand on est subalterne.

S'agit-il d'amorcer celui qui nous gouverne,
Il n'est pas de bassesse ou de servilités,

Il n'est pas de dégoûts qui ne soient acceptés.
Un acte obséquieux peut quelquefois séduire
Celui dont l'influence aurait bien pu nous nuire,
Comme un mot hasardé peut détacher de nous
L'homme dont il fallait embrasser les genoux.
On fait très-bien sa route avec un peu d'adresse,
Et l'on arrive à tout avec de la souplesse ;
Un homme ambitieux doit être flagorneur.

Si parfois votre chef vous fait l'insigne honneur
De vous entretenir de ses bonnes fortunes,
Ayez assez de foi pour ne douter d'aucunes ;
Surtout, s'il est chasseur, soyez de son avis,
Et suivez tous les cerfs qu'il n'a jamais suivis ;
Attendez avec lui le passage d'un lièvre ;
S'il vient à s'animer, soyez pris de la fièvre ;
Ayez soin de paraître interdit, stupéfait,
De croire ce qu'il dit, quoiqu'il ne l'ait pas fait,
D'écouter le récit de ses rodomontades,
De flatter tous ses goûts, d'excuser ses boutades ;
Il faut, si vous voulez obtenir son appui,
Exalter son orgueil et renchérir sur lui ;
Vous devez prendre à cœur ses moindres fantaisies,
Partager ses chagrins comme ses jalousies ;
Quelle que soit la loi qu'impose le devoir,
C'est à vous de juger quand il ne faut rien voir ;
D'un propos indiscret prévoyez bien la suite,
Et réglez là-dessus votre plan de conduite.
Il peut bien arriver que dans ses entretiens
Votre chef vous ennuie en vous contant des riens,
Vous devez cependant louer ces fariboles,

Vous montrer avec lui très-sobre de paroles,
S'il commet une erreur, feindre de l'ignorer,
Et surtout, s'il dit mal, ne le pas censurer ;
Car un vice inhérent à la nature humaine,
C'est d'être plus sensible au blâme qu'à la haine !

Voilà donc, Ardusset, les étranges avis
Que tant de jeunes gens ont reçus et suivis ;
Voilà par quels degrés on parvient sur l'estrade,
Voilà pour quels motifs un homme se dégrade !

On a vu quelquefois des hommes de bon sens
Courir effrontément au-devant de l'encens ;
Pouvaient-ils ignorer que toute flatterie
Est l'indice certain de quelque fourberie ?
Non, mon cher Ardusset, ils le savaient très-bien,
Mais au prix de l'encens la vérité n'est rien.
Le plus adroit flatteur se connaît à la mine,
C'est l'antique serpent qui vers nous s'achemine ;
Mais hélas, l'éloquence est le lot des menteurs ;
L'homme est toujours sensible aux éloges flatteurs,
Et se prête aisément au plus grossier mensonge
Pour peu que cette erreur réalise un beau songe.
De l'estime publique Aulon est entouré,
Mais ce n'est pas assez, il veut être admiré ;
Celui qui le flagorne est celui qu'il préfère,
Peut-être est-ce un fripon, mais vous aurez beau faire,
Vous ne parviendrez pas à lui rendre suspect
L'homme dont il reçoit des marques de respect.
Enfin, dans tous les lieux que le soleil éclaire,
Le secret de flatter est le secret de plaire ;

La race des humains, victime de l'orgueil,
Se heurte chaque jour contre le même écueil,
Rien n'a pu jusqu'ici régénérer leur sève,
Et l'homme le plus fort est aussi faible qu'Eve!

Laissons, pour le moment, la sotte vanité
Afficher à loisir son incapacité,
Ce ne sera pas trop d'une satire entière
Si je veux quelque jour traiter cette matière.

Un véritable ami ne sait rien déguiser,
Mais il ne cherche pas à nous tyranniser;
Gardons-nous de tomber dans un excès contraire;
On peut bien être franc sans être téméraire.
Même dans un ami la crudité déplaît.
Conservons cependant cet ami tel qu'il est!
Dans ce siècle d'argent la chose est assez rare.
C'est un titre sacré dont maint homme se pare,
Chaque jour quelque fourbe ose l'accaparer,
Le traîner dans la fange et le déshonorer!

Il est des vérités qu'il ne faudrait pas dire,
Je m'arrête..... aussi bien, je me lasse d'écrire;
Mais conviens, Ardusset, que de si grands travers
Me fourniront matière à bon nombre de vers.

SATIRE IX.

A M. Gourdon de Genouillac,

Secrétaire perpétuel de la Société des *Archivistes de France.*

O toi qu'un écrivain sans talent ni mérite
Affligeait récemment d'une insulte gratuite,
Si tu veux faire trève à tes travaux constants,
Si tu veux avec moi perdre quelques instants,
Nous jetterons ensemble un coup d'œil sur ce monde,
Où la fourbe est en vogüe, où l'injustice abonde,
Où l'honnête homme enfin rencontre à chaque pas
Des faquins éhontés ou bien des Cochinats.

Le monde est une arène où chacun doit combattre :
Si le meilleur des rois, notre grand Henri quatre,
Répudié, proscrit, traqué par les ligueurs,
D'un sort long-temps contraire éprouva les rigueurs ;
S'il dut de ses sujets faire couler les larmes ;
S'il dut en gémissant tenter le sort des armes,

Pour assurer enfin le triomphe des lois,
Comprimer la révolte et valider ses droits ;
S'il dut livrer la France aux horreurs de la guerre
Avant de ressaisir le sceptre héréditaire ;
Si, tout en ménageant le sang des ennemis,
Il vit couler à flots celui de ses amis ;
Hélas, dans tous les rangs, dans toutes les carrières,
L'homme dès son début rencontre des barrières,
Il faut tenter d'abord d'infructueux essais
Pour n'obtenir souvent que de faibles succès !
Le pauvre videra bien des coupes amères,
L'artisan doit lutter contre bien des misères,
L'écrivain doit prévoir bien des déceptions,
Le soldat doit s'attendre à des privations,
Et moi, sans le vouloir, en mes écrits sincères
Peut-être ai-je froissé quelques-uns de mes frères,
Et, malgré mon désir d'être agréable à tous,
Faut-il que je renonce à cet espoir si doux !

Que si cette douleur m'est jamais réservée,
Si ma marche ordinaire est un jour entravée,
S'il faut qu'un écrivain railleur et mordicant
Se montre assez hardi pour me jeter le gant,
Oh, que ce ne soit pas un vil folliculaire !
Puissé-je rencontrer un loyal adversaire,
Et n'être pas contraint d'engager le combat
Contre quelque Zoïle ou quelque Cochinat !
Que le sort du guerrier me semble préférable !
Pour lui, du moins, la lutte est toujours honorable,
Mais souvent le poète est contraint de rimer
Contre un provocateur qu'il ne peut estimer !

Le monde tout entier, de l'un à l'autre pôle,
Est un vaste théâtre où chaque homme a son rôle,
Et, sans distinction ni de temps ni de lieu,
Il faut s'en acquitter sous le regard de Dieu !
Là, depuis le monarque encensé sur son trône,
Jusqu'au bohémien qui demande l'aumône,
Les hommes en naissant ont une mission
De grandeur, de bassesse ou d'abnégation !
Sur l'or ou le fumier le hasard nous fait naître,
De choisir son berceau l'homme n'est pas le maître ;
Mais quel que soit le rang où l'a mis son auteur,
Il a sa raison d'être aux yeux du Créateur.
Qu'il reste dans la foule ou monte au Capitole,
Sur les aîles du Temps sa jeunesse s'envole,
La lumière à ses yeux commence à s'obscurcir,
Il sent avec effroi les ombres s'épaissir,
Sur un signe de Dieu soudain le rideau tombe,
Rois et Bohémiens descendent dans la tombe,
Et de ce Potentat, de ce Plébéien,
Hors un peu de poussière, il ne reste plus rien !

Entre ces deux degrés, ces deux bouts de l'échelle,
Du prince au mendiant, du sceptre à l'escarcelle,
Les hommes se sont fait bien des états divers,
Et bien des intérêts divisent l'univers.
Que de rivalités, de cabales, de brigues,
Que de faux jugements, de petites intrigues,
Nous voyons s'agiter bien des ambitions,
Chacun veut humer l'air des hautes régions ;
Que de plans avortés, d'espérances déçues,
Que de petits talents ne trouvent pas d'issues,

Que de gens ont perdu la joie et le sommeil
Pour vouloir à tout prix une place au soleil.

Ces grandeurs après qui tant de mortels soupirent,
Ces mensonges dorés que les hommes admirent,
Ne sont pas cependant un bien si précieux
Pour corrompre les cœurs et fasciner les yeux !
Par malheur ces faux biens ont ce qu'il faut pour plaire.
Comme l'astre des nuits, alors qu'il nous éclaire,
Ils nous montrent toujours leur éclat emprunté,
Et ne se laissent voir que par le beau côté.
Celui qui les obtient, trompé par l'apparence,
Crut marcher au bonheur et marche à la souffrance ;
Au comble de ses vœux, triste et désenchanté,
Il dénigre bientôt ce qu'il a convoité ;
Cette déception est d'autant plus amère
Qu'il avait plus longtemps caressé sa chimère,
Et que, maître des biens qui l'avaient ébloui,
Imeurt presque toujours sans en avoir joui !

L'homme est un grand enfant qu'on pare et qu'on habille,
Amateur de hochets, il aime ce qui brille,
De l'idole du jour adorateur fervent,
Il cherche à se tourner vers le soleil levant ;
Sa manière d'agir est quelquefois étrange,
En cherchant le bonheur souvent il prend le change,
Loin de faire l'aveu d'une première erreur
Il poursuit sa chimère avec plus de fureur,
Il est ingénieux pour s'abuser lui-même,
Et ce qu'il doit haïr est souvent ce qu'il aime !

Je pourrais ajouter de grotesques tableaux
En prenant le plaideur au pied des tribunaux ,
Le peintre à l'atelier, le notaire à l'étude ;
Je pourrais retracer plus d'une turpitude ,
Suivre les conquérants au milieu des combats ,
Et faire l'examen de cent autres états ;
Je pourrais au besoin prodiguer la louange ,
Admirer des auteurs qui rampent dans la fange ,
Prouver qu'un journaliste a le droit d'être ingrat ,
Et ceindre de lauriers le front de Cochinat !
Mais à quoi servirait cette nomenclature ?
Adorer les faux dieux : telle est notre nature !
L'homme a depuis longtemps pris le parti d'errer,
Et je lui reconnais le droit de s'égarer !

Mais pour toi , Genouillac, qu'on aime et qu'on estime
Toi dont la part de gloire est grande et légitime,
Abandonne à leur sort et regarde à leur prix
Ces articles haineux et ces pauvres écrits ,
Où viendra s'exhaler la rage furibonde
De tant de Cochinats qui pullulent au monde !

SATIRE X.

Etat de l'Empire Romain à l'époque de l'apparition et des développements du Christianisme.

— ◄●► —

A Monsieur Robert – Victor,

Président de l'*Union des Poètes*.

— ◄●●●► —

Quand l'homme abandonna les dieux du Paganisme
Pour se réfugier dans le Christianisme,
Sans vertus, sans courage et sans religion,
Rome était le foyer de la corruption.
Sans entrer bien avant dans ce honteux mystère,
Comptons tous les fléaux qui désolaient la terre,
Et puis, si l'Evangile a su les arrêter,
Nous pourrons bien conclure à le mieux respecter.

Lorsque la loi du Christ régénéra le monde,
Les hommes croupissaient dans une nuit profonde,

Ils étalaient partout leurs vices odieux,
Un honteux égoïsme infectait tous les lieux ;
De l'aigle des Césars la gloire était flétrie,
Et le soldat romain n'avait plus de patrie.
Que dis-je ? c'est trop peu : Rome était sans soldats,
Ceux qu'elle avait vaincus l'étouffaient dans leurs bras,
Elle vit sans rougir des hordes sanguinaires
Planter sur ses remparts leurs drapeaux mercenaires,
Les fils dégénérés des soldats de Varron
Mouraient pour les plaisirs de Claude et de Néron,
Le fils d'Enobarbus ne trouvait point d'obstacles !
Rome courait en foule à de hideux spectacles,
L'athéisme devint le vice dominant,
Le peuple se moquait de Jupiter-Tonnant,
Et s'il daignait encor monter au Capitole,
C'était pour outrager une impuissante idole.
On entendit souvent des cris injurieux
Poursuivre et bafouer les images des dieux,
Et Néron, au sortir de ses fêtes impures,
S'approcha des autels pour les couvrir d'ordures !
Le temps ayant banni l'effroi d'un bras vengeur,
Il n'entrait dans son âme aucun souci rongeur.

Le peuple avait brisé l'autel des Euménides,
Rome en vint à subir le joug des parricides,
Du manteau de la loi des monstres revêtus
Mettaient la trahison au nombre des vertus,
Et tous, de leur honneur faisant le sacrifice,
S'avançaient sans remords dans le chemin du vice.

Des Brutus, des Caton les beaux jours ne sont plus ;

Et l'on voit maintenant des hommes dissolus
Se donner en spectacle et monter sur la scène
Pour surpasser Néron dans quelque chant obscène.
Mais où s'arrêtera la licence des mœurs ?
On entend s'élever de bruyantes clameurs,
Des hommes, étouffant le cri de la nature,
Pour égayer César s'égorgent sans murmure ;
Un farouche tyran les condamne à périr,
Et reçoit le salut de ceux qui vont mourir !
Esclaves fugitifs, chrétiens, juifs, prolétaires,
Sont jetés en pâture aux lions, aux panthères,
L'empereur applaudit, le peuple bat des mains !
La pitié n'entre pas dans le cœur des Romains !
Peuple dégénéré, l'opprobre est ton partage.

Laissons les descendants des vainqueurs de .Carthage
Déshonorer leur nom, leur ville et leurs exploits,
Et voyons la nature et l'esprit de léurs lois :
Pendant la république un affreux brigandage
Signale des préteurs le ruineux passage,
Ces monarques d'un jour, aisés à suborner,
Viennent pour s'enrichir et non pour gouverner ;
Ce sont, pour ainsi dire, autant de petits princes
Qui, la bourse à la main, parcourent leurs provinces,
Dépouillent les autels, pressurent l'ouvrier,
Et rendent la justice à qui peut la payer.
Si la province exhale une trop juste plainte,
L'or du spoliateur le place hors d'atteinte,
Et Rome, saluant ce pillard éhonté,
Lui garde les honneurs avec l'impunité.
Bientôt la soif de l'or avilit la noblesse,

On voit la courtisane afficher sa mollesse
Et recourir sans honte à d'infâmes moyens
Pour soutenir son luxe et se créer des biens.
Si l'abus du pouvoir passe toute mesure,
Plus d'un exemple illustre autorise l'usure ;
Le Sénat gangrené se moque des censeurs
Dès qu'il voit cette charge aux mains des oppresseurs ;
Plus tard les jeux publics seront des saturnales !

On parvient par la brigue à des charges vénales ;
Parmi les magistrats, au sein des sénateurs,
Jugurtha peut trouver de zélés protecteurs,
Et, d'un juste dégoût ne pouvant se défendre,
Il s'écrie en sortant : Rome entière est à vendre !
On ne peut sans horreur voir ce peuple romain
Peser d'un poids si lourd sur tout le genre humain,
C'est de l'or et du sang qu'il lui faut pour subside.

La loi des Décemvirs admet l'infanticide,
Le divorce est permis dans ces temps corrompus,
Les nœuds les plus sacrés peuvent être rompus,
L'impudique cité réforme son langage,
L'hymen est conspué, la foi n'est plus un gage,
D'infâmes débauchés ont renié Brutus,
Et l'ombre de Lucrèce a fui devant Vénus !
Mais ce n'est pas assez que Rome dissolue
Marche sur les autels de la pudeur exclue ;
La honte ira plus loin : le traître est encensé,
Le lâche délateur se voit récompensé,
Le complice a bien soin de livrer son complice
Et d'être le premier à jouir du supplice ;

Octave veut du sang, Rome entière souscrit,
Le fils donne la mort à son père proscrit.....
Mais l'ancien Triumvir vient de fonder l'empire.

Pour se donner un chef chaque soldat conspire,
Le sceptre impérial sortira des hasards,
Les provinces paieront la pourpre des Césars ;
Misérable suppôt d'un pouvoir arbitraire,
Le frère sur un signe égorgera son frère ;
De faibles empereurs recevront pour mandat
De dépouiller le peuple au profit du soldat ;
L'ami trop confiant ne trouvera qu'un traître
Qui, pour faire sa cour, ira le vendre au maître ;
D'autres se souviendront des fureurs de Sylla
Pour plier le genou devant Caligula ;
Les vieilles légions, si fières et si braves,
Subjuguaient l'univers pour un troupeau d'esclaves !

L'héroïsme a fait place à la perversité,
L'amour de la patrie à la servilité,
Mais c'est ici le lieu de parler du servage :
La moitié des humains vivait dans l'esclavage ;
Malheureux parias destinés à souffrir,
La plupart de ceux-là demandaient à mourir !
Mourir ! non ; il faut vivre ou bien briser leurs chaînes !
Le secret de leurs maux est celui de leurs haines ;
Si, comptant les affronts que tous avaient soufferts,
Ils essayaient parfois d'abandonner leurs fers,
Si, las d'attendre en vain une loi plus humaine,
Ils invoquaient pour eux la liberté romaine,
La main des oppresseurs, prompte à s'appesantir,

Devait ou les soumettre ou les anéantir ;
Plus leur nombre croissant devenait redoutable ,
Plus la répression devait être implacable ,
Le sang eoulait à flots , et leurs soulèvements
Etaient toujours suivis d'horribles châtiments.
Mais cette république injuste et déchirée
Pouvait-elle espérer une longue durée ?
Ces désordres publics , ce long tiraillement,
Devaient finir enfin par un renversement,
Auguste orna de fleurs le char sanglant d'Octave,
Et la lutte cessa quand Rome fut esclave !

Un rapide déclin des lettres et des arts
Eut bientôt signalé le règne des Césars.
Ah , que dans son adieu le roi de Numidie
Jugeait bien de Brutus la race abâtardie !
Sur le trône d'Auguste on éleva Néron ,
Et l'on eut un Sénèque au lieu de Cicéron ;
Un prince s'avilit, un poète le loue ;
Stace remplacera le cygne de Mantoue ;
Le Forum est muet depuis que les flatteurs
Ont couvert de leurs cris la voix des orateurs ;
Si Tacite a laissé des tableaux historiques ,
Nous n'aurons après lui que des panégyriques ;
Auguste eut un Mécène et Tibère un Séjan ,
Pline , qui suit Tacite, encensera Trajan ;
D'autres ne craindront pas d'appeler magnanimes
Des princes dont l'histoire est un tissu de crimes,
On lutte d'infamie, et tous les écrivains
Vendront au despotisme et leurs cœurs et leurs mains ;
Rien ne peut arrêter la funeste tendance.

Les arts, de tous côtés, tombent en décadence,
Les vices les plus bas se verront couronnés,
Les princes vertueux seront assassinés,
Pertinax expiera son pouvoir éphémère,
Le trône de Titus sera mis à l'enchère;
Ces princes, entourés d'ignobles favoris,
Présentent à l'envi leurs titres au mépris;
Rome courbant le front sous des lois tyranniques
Verra d'Elagabal les voluptés cyniques,
Et le peuple romain apprendra sur ses pas
Quelques vices honteux qu'il ne connaissait pas !
Ce prêtre efféminé d'une grossière idole
Osera détrôner les dieux du Capitole,
Sa mère siégera parmi les sénateurs.....
Hélas ! le peuple-roi mérita ces horreurs !
Il sema l'injustice, il récolte la honte,
Et du mal qu'il a fait Dieu lui demande compte !

Laissons ces Empereurs, les armes à la main,
S'arracher les lambeaux de l'Empire romain;
Quel sera l'avenir ? Une vague espérance
N'est même point permise à ces temps d'ignorance;
D'Apollon Pythien les temples sont déserts,
Un désastre imminent menace l'univers;
Au sein de ce chaos la lumière recule,
Ce n'est plus qu'un lointain et pâle crépuscule;
Si l'Egypte et la Grèce éteignent leur flambeau,
L'univers ne sera qu'un lugubre tombeau !
Le peuple ne veut plus des dieux du Paganisme,
Un morne désespoir, enfant de l'athéisme,
A suivi Marc-Aurèle et les Stoïciens,

Et le monde est en proie aux Epicuriens.
Mais l'histoire en fait foi : l'ère des philosophes
A toujours annoncé d'horribles catastrophes !

Les siècles sont comptés, les châtiments sont prêts,
Les Goths se sont émus au fond de leurs forêts,
De l'inflexible Odin l'œil sanglant étincelle,
Il montre à l'horizon l'empire qui chancelle,
Et la horde mettra tout l'univers en feu
Pour éclairer sa marche et réjouir son Dieu !

SATIRE XI.

———◦◦◦———

Correspondance.

———◦◦◦———

Le dix du présent mois, j'ai reçu de Coutance
Un écrit non signé dont voici la substance :

— « Je ne vous dirai pas que vous êtes charmant,
Vu que, tout compte fait, je vous trouve assommant ;
Je professe avant tout une noble franchise ;
Ce que j'ai sur le cœur, il faut que je le dise :
Je ne pourrai donc plus déplier mon journal
Sans rencontrer d'abord votre nom infernal !
Vous comptez beaucoup trop sur ma longue indulgence.
Des poètes bavards je déteste l'engeance ;
Votre éternel caquet vous rend très-ennuyeux,
Mon cher, n'écrivez pas, ou bien écrivez mieux.
Je prends peu d'intérêt à vos jérémiades,
Et me passerai bien de vos Olympiades.

» Outre que vos sujets sont toujours mal choisis,
Les traits les plus saillants ne sont jamais saisis.
Rome a bien pu gémir sous des lois tyranniques,
Mais que me font à moi ces anciennes chroniques ?
Que la horde des Goths ait mis le monde en feu,
Ceci, croyez-le bien, m'inquiète fort peu ;
Laissez plutôt pourrir cette vieille défroque,
Ayez de l'à-propos, soyez de votre époque,
Et cessez d'évoquer tous ces peuples tremblants
Et tous ces vieux Romains morts depuis deux mille ans.

» Sachez m'intéresser, parlez-moi des Cosaques,
On met trop en oubli les milices valaques ;
Moi, je suis sérieux, j'aime les longs rapports,
Et les bruyants débats de la chambre des Lords.
Peut-on souffrir les vers en ce moment critique
Où le monde est en feu de Kars à la Baltique ?
Et quels vers ! juste ciel ! et comme c'est commun !
Jamais vous ne trouvez un seul mot opportun,
Votre genre d'écrire est vraiment pitoyable,
Vous ne nous dites pas une chose croyable ;
En dépit du bon sens chanter sur tous les tons,
Faire à propos de rien de mauvais feuilletons,
Voilà votre talent et votre savoir-faire !

» Votre dernier roman n'est qu'un soporifère,
Vous choisissez toujours des héros inconnus,
Vous parlez de pays que vous n'avez point vus,
Et je crois qu'au besoin, pour finir une histoire,
Vous feriez arriver la Seine dans la Loire.
Vous mêlez les Romains, les Goths, *et cætera*......

Vous allez votre train, comprenne qui pourra !
Quand cela vous convient, vous vous mettez en scène,
Ma foi, si c'est permis, vous en usez sans gêne !

» Je pourrais vous passer vos exploits fabuleux,
Mais vous êtes méchant avec votre air mielleux ;
Vous, insipide auteur d'une fade élégie,
Vous osez quelque part décrier la régie !
Ceci n'a pas de nom, c'est d'un cynisme outré,
Quoi que vous en disiez, rien ne vous est sacré ;
Attaquer la régie, un corps si respectable !
Allez, je vous déclare un homme abominable !

» Qui vous a conduit là, sinon la vanité ?
Il faut qu'un éditeur ait bien de la bonté
Pour ouvrir son journal à ce tas d'âneries
Et se faire l'écho de vos pédanteries !
Maudit soit à jamais tout le corps des rimeurs !

» Mais je suis menacé de bien plus grands malheurs ;
N'allez-vous pas aussi vous mêler de satire ?
La satire, après tout, n'est que l'art de médire ;
Ce n'est pas bien malin, et le premier croquant,
Pour peu qu'il le voulût, pourrait en faire autant.
Les satires pour moi ne sont que des fadaises,
Celles que je connais sont de tout point mauvaises ;
Boileau voulut prouver que l'homme n'est qu'un sot,
S'il eût dit *un rimeur*, ce serait un bon mot.
Au surplus, dans Boileau, rien ne plaît, rien n'amuse,
C'est un extravagant qui parle de sa muse ;
Qu'il flatte le monarque, ou qu'il chante un lutrin,

Il en revient toujours à ce même refrain.

» Mais causons un instant de ce pauvre libelle
Que vous avez rimé sur la ville éternelle :
Qu'est-ce que ce tableau de l'univers païen ?
C'est un long plagiat qui ne ressemble à rien ;
Dans ce tissu d'horreurs, pas de sel, pas de style,
C'est un chaos informe, une ébauche inutile.
D'ailleurs, vous sied-il bien, mon petit Juvénal,
De traîner tout un peuple à votre tribunal ?
Qui vous a révélé toutes ces belles choses?
Pour juger des effets, connaissez-vous les causes ?
Mais messieurs du Parnasse ont leurs libres ébats,
La morgue leur tient lieu des vertus qu'ils n'ont pas.

» Je hais tous les *rimeurs*, sans excepter *Horace*,
Puisse une bonne peste en balayer la race !
Un vers trouble le cours de ma digestion,
Un vers met ma cervelle en ébullition.
Un vers ! à cet aspect je suis noir de colère,
Mais les vôtres surtout ont l'art de me déplaire,
Et si l'on n'abolit cet usage local,
Je me verrai contraint de laisser le journal ! »

— Y pensez-vous, monsieur ? Le Journal de Coutance
Confesse hautement toute votre importance ;
Non, vous n'en viendrez pas à cette extrémité.
Vous nous continuerez cette même bonté
Qui vous donne à nos yeux un prix inestimable ;
Votre perte aujourd'hui serait irréparable !
Vos paroles, monsieur, sont autant de bijoux ;

Fichtre ! on n'a jamais trop d'abonnés comme vous.

Votre lettre est charmante et toute gracieuse,
Votre critique est saine et fort judicieuse,
Vous savez vous tirer des endroits épineux,
Vos moindres aperçus sont fins et lumineux,
Votre écriture est bonne, et je vous certifie
Qu'elle vaut les honneurs de la lithographie.
Je voudrais que chacun pût l'avoir sous les yeux,
Tout Agon la connaît, mais vous méritiez mieux,
Et Paris la verrait si j'avais la ressource
De pouvoir aujourd'hui l'afficher à la Bourse.
Enfin vos procédés, votre amabilité
Ne sauraient obtenir trop de publicité.

Je fais le plus grand cas des toiles d'araignées,
Mais j'estime encor plus les lettres non signées,
Et ce n'est vraiment pas vous donner de l'encens
Que de vous proclamer un homme de bon sens.
J'ai fort prisé, monsieur, vos conseils anonymes,
Pour les mieux retenir je les ai mis en rimes ;
Veuillez donc agréer, pour tant de compliments,
Ma vive gratitude et mes remerciements.

SATIRE XII.

Des causes qui engendrent et perpétuent la misère dans les campagnes.

———◆———

A M. Paul Auguez,

Rédacteur-Gérant du *Pantagruel*.

———◎———

Je viens, mon cher Auguez, en écrivain sincère
T'entretenir ici d'un bien triste mystère,
Et, dans ces jours d'épreuve et de calamités,
T'apprendre le grand tort de nos sociétés.
Je ne suis pas de ceux qui savent se contraindre
Et s'attacher le peuple en feignant de le plaindre,
De ceux qui, par calcul, faussent la vérité,
Et préparent ainsi leur popularité ;
Je ne suis pas non plus un auteur mercenaire,
Mon but est d'avertir au risque de déplaire,
Et je ne craindrai pas de froisser les puissants

En donnant au besoin raison aux artisans.
Quelle que soit l'époque où le sort l'a fait naître,
L'écrivain doit savoir que Dieu seul est son maître ;
Et s'il veut être utile autant qu'impartial,
Il n'a qu'à remonter à la source du mal.
Je le repète encor, pour être respectable
Il faut qu'un écrivain soit toujours véritable,
Et, partant de ce point, j'arrive à te parler
D'un mal que peu d'auteurs songent à signaler.

Fidèle au souvenir de ses gloires antiques,
La France en adressant des dons patriotiques
Aux valeureux guerriers dont les nobles succès
Ont jeté tant d'éclat sur le drapeau français,
La France en s'imposant ce léger sacrifice
N'a fait, à mon avis, qu'un acte de justice.
Oui, mes concitoyens, vous seriez des ingrats
Si vous aviez fait moins pour ces braves soldats,
Et certes, à bien prendre, il est moins difficile
De jeter quelques sous au fond d'une sébile,
Que de quitter amis, parents, foyer, bonheur,
Pour aller sur l'Alma mourir au champ d'honneur !

Mais bientôt la disette, amenant la misère,
Est venue aggraver les malheurs de la guerre,
Les pauvres sont en proie à des besoins pressants,
Le pain manque souvent chez bien des artisans ;
Quand les halles au blé ne sont pas abordables,
De nourrir leurs enfants ils ne sont plus capables.
Apporter à leurs maux quelque soulagement
Est le but poursuivi par le Gouvernement.

Dans son zèle éclairé, j'aime à le reconnaître,
Il cherche les moyens d'assurer leur bien-être ;
On le voit augmenter dans tous ses ateliers
La solde insuffisante à bien des ouvriers ;
Il sait le dévoûment, il soutient l'espérance
De ceux qui, loin de nous, combattent pour la France ;
Ceux que la mort d'un père a laissés sans appui
En toute occasion peuvent compter sur lui,
De sa sollicitude il leur donne des preuves,
Il a soin de nourrir les enfants et les veuves ;
Tous les anciens soldats reçoivent des secours,
Et la faim ne vient plus assaillir leurs vieux jours ;
Une somme importante est déjà destinée
A réparer les torts d'une mauvaise année ;
Il prend les indigents sous sa protection,
Il se fait signaler toute belle action,
Pour tous les dévoûments il a des récompenses,
Des consolations pour toutes les souffrances,
Trop heureux si, mettant le comble à ses bienfaits,
Il peut nous rendre enfin les douceurs de la paix !
Puisse Dieu lui garder un avenir prospère !

Mais enfin, quoi qu'il fasse, il ne peut pas tout faire ;
Soulager tous les maux n'est pas en son pouvoir,
Et, s'il donne l'exemple, il remplit son devoir.
Maintenant c'est à ceux qui vivent dans l'aisance
De faire chaque jour assaut de bienfaisance,
De se montrer actifs, empressés, généreux,
Pour adoucir le sort de tant de malheureux :
Quand on vient à sonder de si tristes misères,
Qu'on peut mettre le doigt sur de profonds ulcères,

7

Lorsqu'on est en contact avec la pauvreté,
Tout attendrit le cœur et porte à la bonté.
Aussi disons bien haut pour l'honneur de la France
Que chaque jour qui luit calme quelque souffrance,
Et que les gens de bien se sont ligués entr'eux
Pour soulager le peuple en ces temps rigoureux !

Chez nous la charité sait prendre un air affable,
Mais on dit trop souvent qu'elle est inépuisable !
Inépuisable ! non. Pourquoi donc se flatter ?
Certes c'est malgré moi que je vais protester,
Mais hélas, tous les jours la triste expérience
Dévoile à mes regards toute l'insouciance,
Tout le mauvais vouloir de quelques gens aisés
Dont les faibles secours sont bien vite épuisés !
« Notre mince fortune, ont-ils grand soin de dire,
» A nos propres besoins peut à peine suffire,
» Comment songer alors à donner des secours
» Aux pauvres dont le nombre augmente tous les jours ? »
Je sais bien que ce siècle a morcelé les terres,
Qu'aujourd'hui l'on voit peu de grands propriétaires,
Et que beaucoup de gens bornés en leurs moyens,
A proprement parler, n'ont pas trop de leurs biens.
« Et puis, ajoutent-ils, combien d'hommes valides
» Viennent à notre seuil nous tendre leurs mains vides !
» Peut-on encourager des abus si criants ?
» Devons-nous donc nourrir un tas de fainéants ? »

Assez. Votre parole est tant soit peu trop haute ;
Je vous attendais là, car c'est à vous la faute.
Vous qui jetez la pierre à tant de malheureux,

Répondez sans détours, qu'avez-vous fait pour eux ?
Savez-vous quelle cause amena leur détresse ?
Pour être autorisés à répéter sans cesse :
« Avec l'oisiveté leur vie est un long bail ! »
Leur avez vous jamais proposé du travail ?
Que peut faire, après tout, l'ouvrier sans ouvrage ?

Voici ce que souvent j'ai vu dans mon village :
Du moment que les blés se vendent à bas prix,
L'enseignement du Christ cesse d'être compris ;
Chacun prenant conseil d'un barbare égoïsme
Semble se renfermer dans un vil crétinisme ;
Les fermiers, disent-ils, ne font argent de rien,
De payer l'artisan ils n'ont pas le moyen,
Encor moins peuvent-ils se montrer charitables !
C'est l'abondance alors qui fait les misérables,
Et bien qu'à très-bon compte on puisse avoir du pain,
L'ouvrier sans ouvrage a le temps d'avoir faim !
Si j'ai bien observé, voilà comme on en use.
Là, le manque d'argent est du moins une excuse.

Mais quand nous entendons le peuple des cités
Se plaindre amèrement que les prix sont montés,
Quand la vente d'un bœuf peut acquitter un terme,
« Le travail, diras-tu, doit aller à la ferme ? »
— Eh non, moins que jamais, tu ne comprends donc pas !
Voici comme un fermier raisonne en pareil cas :
« Il faut que dans ce bail je fasse mon affaire ;   [chère !
» Mais, par le temps qui court, la main d'œuvre est bien
» Regardons à deux fois pour employer un bras,
» Diable ! il me faut compter quinze sous par repas ! «

J'abrège, cher ami, ce discours qui fait peine.
Tu vois à quels excès l'égoïsme nous mène,
Et puisque l'artisan coûte trop à nourrir,
Mieux vaut, n'est-il pas vrai, qu'on le laisse souffrir !

Aux lois de l'avarice il faut bien se soumettre.
On remet à plus tard ce qui peut se remettre,
La plupart des travaux se trouvent négligés,
Ceux qui sont trop urgents sont du moins abrégés,
Et, pour te dire tout, je sais un homme riche
Qui, depuis plus d'un an, laisse un hectare en friche !

Ainsi, quoi qu'il advienne, et quels que soient les prix
Où nos agriculteurs écoulent leurs produits,
On ne veut pas sortir d'un funeste système,
Le sort de l'ouvrier sera toujours le même,
Les gens de cœur verront leurs travaux suspendus,
Avec les fainéants ils seront confondus,
Et bien loin de les plaindre en ces jours de chômage,
De riches désœuvrés leur jetteront l'outrage !

Propriétaire aisé, vois-tu bien la raison
Pourquoi tant d'indigents assiégent ta maison ?
Chez toi la charité n'est pas bien entendue,
Ton aumône est souvent une aumône perdue,
Ton plan d'économie est loin d'être normal,
Le bien que tu crois faire est quelquefois un mal,
Le morceau de pain noir que, d'une main sordide,
Tu jettes fièrement à ce pauvre valide
Ne l'arrachera pas à ce honteux métier ;
Et si ce malheureux cesse de mendier,

C'est que tu l'enverras demander sa pitance
Aux bureaux baptisés du nom de bienfaisance !

Mais, en mangeant ce pain qu'il aurait pu gagner,
L'homme oisif malgré lui ne peut que s'indigner.
Est-ce là le moyen de lui venir en aide ?
Le crois-tu donc guéri par ce demi-remède ?
Non, non, c'est du travail qu'il fallait lui donner,
Au lieu de le nourrir et de l'abandonner !

Ces pauvres, écartés par une main brutale,
Tenaient, autant que nous, à la terre natale ;
Le travail de leurs bras aurait pu l'amender,
La sueur de leurs fronts pouvait la féconder,
Elle eût payé bientôt leurs soins avec usure,
Ils en eussent tiré leur maigre nourriture,
Si nos champs, en un mot, étaient mieux cultivés,
Ceux qui manquent de tout eussent été sauvés !

Sans doute ceux à qui s'adresse ma parole
Traiteront ce discours d'enseignement frivole,
Personne, je le sais, ne sera converti,
Mais qui d'entr'eux dira : Le poète a menti ?

Profession de Foi.

A Monsieur A. Castel,

Agent-Voyer en chef.

Quidquid seminaverit homo,
hoc et metet.

PEUX-TU me dire, ami, ce que c'est que le monde ?
Pour moi, je suis navré d'une douleur profonde
Quand par malheur je songe à cette question,
Et que j'y veux trouver une solution !
Le monde ! Il méconnaît les lois de la justice,
Il trahit la vertu dans l'intérêt du vice,
Il jette son encens aux fausses déités,
Il met sur le pavois des médiocrités,

Il ne juge jamais que sur les apparences,
Et ne garde au talent que de longues souffrances !
Si l'on veut à tout prix obtenir sa faveur,
Il faut être intrigant et bassement flatteur,
Il faut, sans hésiter, tendre une main amie
A l'usurier qui peut dorer son infamie,
Il suffit, en un mot, qu'on lui montre de l'or
Pour avoir son estime et souvent mieux encor !

Enfant jeté sans guide au milieu de ce monde,
J'ai pris à tout hasard ma course vagabonde,
Et je marche sans but, sans crainte, sans souci,
Et sans savoir pourquoi ce monde est fait ainsi.
Hélas ! tu le sais bien, dans le temps où nous sommes
Il faut être prudent pour vivre avec les hommes,
Ecarter avec soin ce qui peut les choquer,
Abonder dans leur sens et ne pas les brusquer.
Malgré ma bonhomie et mon désir sincère
De traiter chacun d'eux comme mon propre frère,
Plus d'une fois pourtant on osa m'outrager,
Plus d'une fois aussi j'aurais pu me venger,
Mais si je me souviens de la moindre assistance,
Je n'ai plus de mémoire au jour de la vengeance ?
A d'anciens détracteurs je prête mon appui,
Et je serre la main du méchant qui m'a nui ;
Je prends toujours le temps comme Dieu me le donne,
Il n'entre dans mon cœur de haine pour personne,
Je consens à revoir ceux qui m'ont offensé,
Je suis prêt à servir tous ceux qui m'ont froissé,
Je serai, si l'on veut, faible et sans caractère
Plutôt que d'affliger un seul homme sur terre !

Franc avec mes amis, je parle sans détour,
A ceux qu'il faut flatter je ne fais point ma cour ;
Le plus savant docteur n'ayant pu tout connaître,
L'homme le plus instruit trouvant toujours son maître,
Quand j'ai fait une erreur, j'en conviens franchement ;
Si ma plume écrit mal, jamais elle ne ment.
Assez indifférent aux dons de la fortune,
Je ne lui fais jamais de prière importune ;
Elle viendra vers moi quand ce sera mon tour.
Je repose la nuit, je travaille le jour,
Et sans m'inquiéter de ce qu'on pourra dire,
Je noircis du papier quand il me plaît d'écrire.
Satisfait de l'état où le bon Dieu m'a mis,
Je fais mon seul bonheur d'obliger mes amis ;
N'ayant jamais conçu de grandes espérances,
Je ne recherche pas les grandes jouissances,
Mais aussi je ne crains, en mes affections,
Ni les revirements ni les déceptions.
Un travail assidu me serait trop contraire,
Le babil d'un enfant suffit pour me distraire.
Le luxe est, jusqu'ici le moindre de mes soins,
D'ailleurs le peu que j'ai suffit à mes besoins.
Je dors sans que jamais le chagrin me réveille,
Car je ferai demain ce que j'ai fait la veille ;
J'ai mes libres ébats, nul ne me contredit,
Et je demeure oisif tant que le cœur m'en dit.
L'image des faux biens ne vient pas me poursuivre,
Je vis au jour le jour, pour le plaisir de vivre,
La paix dont je jouis m'accompagne en tous lieux ;
Comme l'oiseau des bois, j'aime l'azur des cieux,
Le silence des airs, le lever de l'aurore,

Un rayon de soleil, la fleur qui vient d'éclore,
Et pour peu que le jour soit sombre et pluvieux,
On me voit, comme lui, triste et silencieux.

Avec la vérité jamais je ne transige,
Je fais spontanément ce que l'honneur exige,
Je ne suis point ingrat quand on me fait du bien,
Et, si je puis donner, je ne refuse rien.
La justice à mes yeux tient une place auguste,
Je ne prends point parti pour une cause injuste,
Je ne me tourne pas du côté du plus fort,
Et je blâme celui qui me semble avoir tort.
Quel qu'en soit le sujet, je tiens qu'une critique
Ne doit en aucun cas être systématique,
Les vers les mieux tournés seront toujours mauvais
Si l'on a résolu de les trouver mal faits !
Il faut que l'équité dicte notre conduite.
Notre ennemi peut être un homme de mérite ;
Sachons mettre, avant tout, notre honneur à couvert,
N'imitons point La Harpe acharné sur Gilbert,
Gardons-nous de fermer les yeux à l'évidence,
Elevons-nous enfin au-dessus de l'offense,
Et ne nous montrons point, par de faux jugements,
Les esclaves honteux de nos ressentiments.

Ami, j'ai profité de mes fautes passées,
Et je vais devant moi sans arrière-pensées ;
Je suis inébranlable en mes convictions,
Et n'ai jamais souffert que sur mes actions
Un pouvoir étranger exerçât d'influence ;
Advienne que pourra, je dis ce que je pense ;

Et si je suis sujet à tomber dans l'erreur,
Du moins j'ai toujours eu le mensonge en horreur.

L'athéisme à mes yeux étant une folie,
Devant l'Être éternel souvent je m'humilie,
Et quand j'ai résolu d'aller prier ce Dieu,
A la face de tous j'entre dans le saint lieu ;
Je songe quelquefois à mon heure dernière,
Mais quel que soit le jour qui luira sur ma bière,
L'image de la mort ne m'a jamais fait peur,
Et n'étaient ces instants de doute et de torpeur
Où, dans un noir chagrin mon âme ensevelie
S'abandonne parfois à la mélancolie,
Je n'éprouverais pas un seul moment d'ennui !

Je ne suis point jaloux de la gloire d'autrui,
J'admire le talent partout où je le trouve,
Et je ne cache pas le plaisir que j'éprouve
Lorsque j'ai sous les yeux un ouvrage d'esprit
Bien pensé, bien correct, et purement écrit.
Amant passionné de la littérature,
Je regarde le livre et non la signature.

J'ai pour les délateurs un mépris souverain,
Je poursuis les ingrats d'un suprême dédain ;
Si j'aime à pardonner une faute légère,
A l'égard des méchants je suis toujours sévère ;
Avant de châtier il est bon d'avertir,
Comme l'Être éternel, je crois au repentir ;
L'erreur d'un honnête homme est toujours excusable.
Je respecte des morts l'asile inviolable.

De ceux qui ne sont plus je garde souvenir,
Simple et crédule enfin j'ai foi dans l'avenir.

Je ne demande rien aux puissants de la terre ;
Orphelin au berceau, je marche solitaire.
Il n'est pas que parfois je n'eusse bien voulu
Sur un autre destin jeter mon dévolu,
Mais à ce que Dieu veut il faut qu'on se résigne.
J'attends un meilleur sort, si Dieu m'en trouve digne,
J'attends, plein d'espérance en sa grande bonté,
Sûr que de ses bienfaits aucun n'est excepté,
Quel qu'il soit cependant, je l'accepte d'avance.
Résigné sans faiblesse et ferme sans jactance,
Quelquefois attristé, presque toujours content,
A la grâce de Dieu je vieillis en chantant !

Avec aucun parti je n'ai signé de pactes ;
Voilà, pour l'avenir, ce que seront mes actes :
Il t'appartient, ami, de les examiner,
Comme de les absoudre ou de les condamner !

 Dithyrambe.

Ne respue pauperem

A vous, mon aimable lectrice,
Ces vers quelque peu négligés !
A vous, comme à la bienfaitrice
Des pauvres et des affligés !

Surtout ne soyez pas sévère
Si vous trouvez un mot quelquefois répété,
Car vous verrez bientôt que le pauvre Trouvère
N'est pas dans ses jours de gaîté !

Mon but est bien moins de vous plaire
Que de parler à votre cœur :
Je cherche un ange tutélaire
Pour ceux qui sont dans le malheur !

Oh, je serai franc et sincère,
Déjà l'hiver marche à grands pas !
Si vous avez le nécessaire,
Il en est tant qui ne l'ont pas !

C'est pour les pauvres que je chante,
C'est pour eux que j'écris ces vers,
Enfin c'est leur plainte touchante
Que je répète à l'Univers !

Voici le temps où la souffrance
Vient s'abattre sur nos pays,
Où le petit enfant commence
A souffler sur ses doigts bleuis !

Vous trouverez sur votre route
Des orphelins sans protecteur,
Peut-être en est il un qui doute
De la bonté de son auteur !

Hélas, le pauvre enfant ignore
Ce qu'un jour Dieu fera pour lui !
C'est pour cet enfant que j'implore
Votre assistance et votre appui !

Donnez-lui ce qu'il vous demande,
L'infortuné peut avoir faim,
Et Dieu vous rendra bien l'offrande
Que vous lui mettrez dans la main !

Peut-être quelque pauvre femme
Vous suivra pour vous implorer !
Peut-on avoir la paix dans l'âme
Quand on voit les autres pleurer ?

O vous que Dieu créa si belle,

Vous qu'il forma pour nous charmer ,
Voudriez-vous être rebelle
Au plaisir de vous faire aimer ?

Quand tombera la feuille morte ,
Ouvrez aux indigents qui n'ont ni feu ni lieu ;
Celui qui leur ferme sa porte
N'ouvrira pas celle de Dieu !

Ayez toujours l'âme plus haute
Que ceux qu'il faudra secourir ;
S'ils sont malheureux par leur faute ,
Ils n'en ont que plus à souffrir !

Surtout que votre bienfaisance
Ne se laisse pas rebuter ,
Et donnez-leur , sinon l'aisance ,
Du moins les moyens d'exister.

Ouvrez votre main blanche et douce
Au petit être abandonné ,
Maudite est la main qui repousse
La mère et l'enfant nouveau-né !

Malheur , infamie , anathème
A qui leur refuse un appui !
Le regard de l'Etre-Suprême
Ne tombera jamais sur lui !

Soyez toujours sensible et bonne ,
Et du pauvre écoutez l'appel !

Dieu bénira votre couronne
Quand vous marcherez à l'autel !

Et maintenant à vous , qui me lirez peut-être ,
A vous que de ses dons l'Eternel a comblés !
Je viens vous avertir et vous faire connaître
A quelle mission vous êtes appelés !

Vous surtout qui croyez ce que croyaient vos pères ,
Vous qui restez soumis au culte de vos frères ,
Vous qui gardez l'espoir d'un avenir meilleur,
    Vous qui , contre l'Être-Surprême
N'oseriez proférer un horrible blasphème ,
    Vous qui craignez un Dieu vengeur !

Sans doute on vous a dit ce que ce Dieu demande ,
On vous a révélé ce que sa loi commande ,
On l'a peint à vos yeux comme un Dieu de bonté !
    Oh , oui , c'est le premier des êtres ,
    C'est le plus indulgent des maîtres ,
Et son amour est grand comme l'immensité !

    Mais aussi l'on a dû vous dire ,
Et ceux qu'il a choisis ont pris le soin d'écrire
Que votre propre bien ne vous appartient pas !
A l'indigent qui souffre il faut payer la dîme ,
Il le faut , c'est son ordre , ou rouler dans l'abîme
Qui peut , à chaque instant , s'entr'ouvrir sous vos pas !

Vous êtes pour le pauvre une autre Providence ,
Vous lui devez une assistance

En rapport avec vos moyens ,
Et n'allez pas vous y méprendre ,
Vous aurez tous un compte à rendre
Pour la gestion de vos biens !

Vous n'êtes , après tout , que les dépositaires
Des biens qui vous sont adjugés ;
Vous n'êtes que des mandataires ,
Et vous serez interrogés !

Il faut que vous fassiez l'aumône
A ceux pour qui le sort se montre rigoureux ,
Ou vous n'aurez jamais un trône
Dans le séjour des bienheureux !

Voyez ce pauvre grabataire
Au front pâle , au teint blême , à l'œil agonisant ;
Secourez-le , c'est votre frère ,
Le fils de votre propre père ,
C'est l'œuvre du Dieu tout-puissant !

Si grands que soient les maux auxquels Dieu le destine ,
Il a droit , comme vous , aux dons de l'Eternel !
Vous avez la même origine
Et vous priez au même autel !

Si petite que soit l'offrande ,
Dieu , qui lit dans les cœurs , saura bien s'y borner ,
Car jamais il ne nous demande
Ce que nous ne pouvons donner.

Si vous possédez la richesse ,
Faites l'aumône avec largesse ;
Si vous avez peu , donnez peu !
Mais si , vivant dans l'opulence ,
Vous avez retenu le pain de l'indigence ,
Oh ! tenez , ne priez pas Dieu.

Que vous serviront vos prières ,
Si vous méconnaissez ces vérités premières ,
Si vous avez un mauvais cœur ?
Aimez-vous bien les uns les autres ,
Voilà le dernier mot du meilleur des Apôtres ,
Et la morale du Sauveur !

Le refus de l'aumône est la plus grande insulte
Que l'on puisse adresser au Roi de l'Univers ;
Mieux vaudrait , mal pour mal , lui refuser un culte ,
Et laisser ses temples déserts !

Que dire , que promettre à l'homme impitoyable
Que les pleurs d'un enfant ne peuvent émouvoir ?
La parole de Dieu , sévère , inexorable ,
Ne nous permet aucun espoir !

Vous qui , pour jouir du bien-être
N'avez le plus souvent que la peine de naître ,
Vous en qui l'indigence espérait un soutien !
Vous dont aucun souci n'a contristé l'enfance,
Dites-moi donc pourquoi vous vivez dans l'aisance,
Et pourquoi tant d'autres n'ont rien ?

8

Répondez : votre vie est-elle moins fragile ?
N'êtes-vous pas, comme eux, de poussière et d'argile ?
N'arriverez-vous pas au terme de vos jours ?
Si pour vous la fortune est toujours généreuse,
Si votre destinée est constamment heureuse,
Avez-vous le pouvoir d'en prolonger le cours ?

Ne pouvant arrêter le siècle dans sa course,
Ne pouvant dans la tombe emporter votre bourse,
Il faut amasser d'autres biens !
Et si Dieu vous attend au jour de sa justice,
Sachez vous le rendre propice
En soulageant quelqu'un des siens !

Le Sauveur nous a dit lui-même :
Heureux les indigents, ce sont ceux-là que j'aime !
N'oubliez jamais cet aveu ;
Il pouvait aussi bien leur donner la richesse,
Visitez donc dans leur détresse
Ceux qui sont les amis de Dieu !

Il pouvait aisément placer dans l'opulence
Ceux qui nous semblent délaissés !
Oh, ne désolez point par votre indifférence
Ceux qu'il n'a pas favorisés !

Quand un dernier coup de tonnerre
Sur ses vieux fondements ébranlera la terre,
Quand l'éternelle aurore à nos yeux aura lui,
On verra combien de coupables,
Parce qu'ils furent charitables,

Trouveront grâce devant lui !

Oui, lorsqu'au dernier jour, nous déclare l'Apôtre,
Dieu viendra séparer leur cendre de la vôtre,
Quand de cet Univers il ne restera rien ;
Dans ce monde tremblant au tribunal du Maître,
Les pauvres d'aujourd'hui sauront bien reconnaître
    Tous ceux qui leur ont fait du bien !

    Dieu connaît les bornes du monde,
    Il sait les noms de ses enfants,
    Il fit la terre assez féconde
Pour suffire aux besoins de tous ses habitants.

Vérité méconnue et facile à comprendre !
Mais je prévois le sort de la pauvre Cassandre !
Je me verrai traité d'utopiste fiévreux !
    Et pourtant, s'ils voulaient s'entendre,
    Tous les hommes vivraient heureux !

Mais parmi les mortels il est des égoïstes
Qui n'ont pas d'autre but que de thésauriser !
Assurément ceux-là traiteront d'utopistes
Ceux qui se sont chargés de les stigmatiser !

    Ils dénoncent à la justice,
    Comme un affreux perturbateur,
Celui qui ne veut pas se faire leur complice,
    Et qui jette à leur avarice
    Tout ce qu'il a de haine au cœur !

Ces insatiables vampires
Sont le grand fléau des Empires,
La lèpre des sociétés !
Le peuple a droit de les maudire,
Car il ne les a vus sourire
Qu'au jour de ses calamités !

Passez, vils détenteurs de la part de vos frères,
Auteurs de toutes leurs misères,
Et loin de nous portez vos pas !
Allez dévorer seuls ce qui revient aux autres,
Allez, vous n'êtes pas des nôtres,
Nous ne vous reconnaissons pas !

Nous n'avons plus rien à vous dire,
Riez, triomphez aujourd'hui ;
Quelque sombre génie est là qui vous inspire,
Et plus tard vous serez à lui !

Mais pour vous qui, n'ayant qu'une modeste aisance,
Vous croyez dispensés de toute bienfaisance,
J'appelle sur ces vers vos méditations !
Au nom du Dieu qui récompense,
Venez en aide à l'indigence,
Dût-il vous en coûter quelques privations !

Surtout ne craignez pas de perdre un temps utile
En lisant souvent l'Evangile
Et la doctrine du Chrétien ;
Que ce code divin règle votre conduite :
Ne pas faire le mal n'est jamais un mérite ,

Et le devoir de l'homme est de faire le bien !

Sans doute, en vous montrant quelque vieillard débile,
On voudra vous prouver que cet être inutile
　　　Est indigne d'aucun bienfait !
Oh, n'accueillez jamais des conseils si perfides,
Peut-être aux yeux de Dieu seriez-vous homicides,
Sachez ce qui lui manque et non ce qu'il a fait.

　　Quand Dieu se lèvera pour rendre sa sentence,
　　　　Vous ne serez pas consultés ;
　Quel que soit son passé, s'il demande assistance,
　　　　Qu'il ait sa part de vos bontés !

　　　　N'oubliez jamais cet avare
　　　　Qui ne secourut point Lazare
Sous le prétexte faux qu'il ne lui devait rien ;
Le Dieu devant lequel il lui fallut paraître
　　　　Refusa de le reconnaître,
Et l'ange de la nuit vint réclamer son bien !

　　　Que cette épouvantable histoire
　　　Se grave dans votre mémoire,
Car tout autour de vous des pauvres auront faim,
Et vous êtes tenus d'abréger leur souffrance,
　　　A moins d'être dans l'impuissance
　　　De leur donner un peu de pain !

　J'ai trouvé quelque part cette belle maxime
　　　Que j'ai recueillie avec soin :
　　　Faire bonne chère est un crime

Quand d'autres sont dans le besoin !

Vous qui vivez dans l'abondance,
Vous qui, fiers de votre opulence,
Passez dans les festins la moitié de vos jours,
Vous serez reconnus coupables,
Si pour entretenir le luxe de vos tables
Vous avez négligé de leur porter secours !

Mais il ne suffit pas d'accueillir la prière
De ceux que vous verrez pleurer par le chemin,
Il est des malheureux dont l'âme reste fière,
Et qui ne tendent pas la main !

Ceux-là cachent leur indigence,
Ceux-là souffrent dans le silence,
Il faut être prudent quand on s'approche d'eux !
A divulguer leurs maux rien ne peut les contraindre.
Hélas, ce sont les plus à plaindre !
Pitié pour les pauvres honteux !

Allez visiter leurs demeures,
Entrez dans leurs sombres réduits ;
C'est là que l'on compte les heures,
Et que rien n'interrompt la tristesse des nuits !

Tandis que le riche sommeille
Etendu sur un lit de fleurs,
C'est là que le désespoir veille
En proie à d'horribles douleurs !

C'est là que vous verrez d'effrayantes misères,
Des vieillards demi-nus, des enfants décharnés,
Des filles essuyant les larmes de leurs pères,
Et des mères sans lait pour leurs fils nouveau-nés !
    Allez, vous à qui Dieu départit la richesse,
        Tarir la source de ces pleurs !
        Allez soulager leur détresse,
        Et mettre un terme à ces malheurs !

        Mais n'embouchez point la trompette,
Ne leur arrachez pas un trop pénible aveu ;
        L'aumône qui n'est pas secrète
A perdu le parfum qui la révèle à Dieu !

        Ecoutez la voix du trouvère
Qui pour les indigents réclame votre appui,
        Et Dieu ne sera pas sévère
        Quand vous paraîtrez devant lui !

Philosophie universelle.

PENSÉES ET MAXIMES.

A mon collègue et ami, Alexis Martin,

Archiviste de l'*Union des Poètes*.

I.

Aux yeux de l'homme qui raisonne,
Un jugement trop prompt ne peut qu'être fatal ;
Ne nous pressons jamais de condamner personne,
A moins d'être bien sûrs que ce qu'il fait est mal.

Il est tant de mortels qui n'ont qu'un but unique :
« Voler à de nouveaux plaisirs ; »
Que Dieu serait souvent inique
S'il accédait à leurs désirs !

Il est dans la nature humaine
De porter la louange ou le blâme à l'excès ;
Quand on a pris quelqu'un en haine,
Tout ce qu'il fait semble mauvais.

Dans le courant d'une journée
L'homme passe du blanc au noir,
Ce qu'il fuit dans la matinée
Est ce qu'il recherche le soir.

Un homme, quel qu'il soit, ne peut être insensible
A l'espoir séduisant de charmer ses loisirs ;
Mais le devoir est impossible
Quand on a le goût des plaisirs.

L'homme qu'on voit marcher dans le chemin du vice,
N'arrive jamais au bonheur,
C'est un pauvre insensé qui sème l'injustice
Pour récolter le déshonneur.

Tant qu'ils ont la santé pour excuser leurs crimes,
Les grands coupables sont discrets ;
Mais la mort qui les jette aux portes des abîmes
Leur arrache aussi leurs secrets.

Souvent un malheureux oublie
Sa peine et ses chagrins passés,
Et l'espoir le réconcilie
Avec des souvenirs qu'il avait expulsés.

Lorsqu'on tient dans ses mains l'autorité suprême,

9

A quelque retenue il faut se résigner ;
Un roi qui ne sait pas se gouverner lui-même
　　Devient indigne de régner.

　　L'homme dont l'âme est noble et pure
Ne relève jamais des bruits calomnieux,
　　Et ne répond pas à l'injure
　　Que lui jettent les envieux.

Comme si la fortune, en sa folle inconstance,
Ne pouvait nous priver un jour de son appui,
　　Quand nous nageons dans l'abondance
　　Nous oublions les maux d'autrui.

　　Si l'on convient que l'égoïsme
　　Est la loi des hommes charnels,
　　On peut dire que l'athéisme
　　Est le rêve des criminels.

　　Plus l'homme avance dans la vie,
Plus il est intrigant pour amasser de l'or ;
　　Ne dirait-on pas qu'il oublie
Qu'aux portes de la tombe on lui prend son trésor ?

Envers un bienfaiteur la simple bienveillance
　　Ne nous acquittera jamais,
　　Il n'est que la reconnaissance
　　Pour payer les moindres bienfaits.

Souvent l'homme de bien tombe dans les entraves
　　Que forgent pour lui les méchants ;

Mais ceux-là seuls sont des esclaves,
Qui subissent la loi de leurs mauvais penchants.

Le monde est une arène où nous entrons en lice,
Un homme vertueux peut bien être battu,
Mais toujours la haine du vice
Mène à l'amour de la vertu.

La gloire, sujette à l'envie,
Ne saurait remplacer l'honneur;
Et tous les plaisirs de la vie
Ne tiennent pas lieu du bonheur.

Loin du pays, témoin des jeux du premier âge,
L'homme n'est heureux qu'à demi;
Et son plus grand bonheur est celui qu'il partage
Avec quelque fidèle ami.

Lorsqu'un employé subalterne
Va faire sa cour aux puissants,
Les éloges qu'il leur décerne
Sont quelquefois un contre-sens.

Les seules vérités que nous voulions entendre
N'ont presque jamais trait à nos vrais intérêts;
Mais nous craignons toujours d'apprendre
Celles qui nous touchent de près.

Je ne puis admirer que l'homme sans faiblesse
Qui tombe sans témoins au milieu de la nuit;
On meurt toujours avec noblesse

Quand on sait que sa mort doit faire quelque bruit.

Encore bien qu'on puisse en phrases cadencées
Exprimer une idée ou fausse ou sans valeur,
    Les grandes et fortes pensées
    Ne sauraient venir que du cœur.

L'argent que nous perdons par notre imprévoyance
    Peut un jour nous être rendu ,
    Il n'est pas en notre puissance
    De réparer le temps perdu.

Jusque dans le malheur, jusque dans la détresse,
    L'homme de bien est toujours fier,
Et les honneurs acquis au prix d'une bassesse
    Lui sembleraient payés trop cher.

    Les charges les plus élevées
Imposent des devoirs qu'il faudrait accomplir ;
    Sont-elles toujours réservées
    A ceux qui peuvent les remplir ?

Les fautes des puissants sont toujours corruptrices ,
    Partout le peuple est curieux,
Tout exemple qui peut justifier ses vices
    N'échappe jamais à ses yeux.

La trompeuse espérance est quelquefois suivie
De longs gémissements, de plaintives douleurs ,
Mais du moins elle mène aux bornes de la vie
    Par un chemin couvert de fleurs.

Imbus des préjugés qui , depuis notre enfance ,
Se sont emparés de nos cœurs ,
Nous fermons quelquefois les yeux à l'évidence
Et nous propageons des erreurs.

Parce qu'il s'estime lui-même ,
L'honnête homme parle sans fard ;
Mais quand il est contraint de blâmer ceux qu'il aime ,
Il sait les reprendre avec art.

Quand nous refusons les lumières
D'un ami dévoué qui vient nous avertir ,
Nous risquons de tomber dans des fautes grossières
Que doit suivre le repentir.

Gardons-nous d'envier les richesses des hommes ,
Auprès de la vertu la richesse n'est rien ;
Regrettons seulement l'impuissance où nous sommes
De secourir le pauvre en lui faisant du bien.

Nous passons notre vie au milieu des orages ,
A former des projets plus ou moins insensés ;
Puis la mort nous ravit tous les beaux avantages
Dont l'espoir nous avait bercés.

Disons avec le grand Racine :
L'Etre éternel est notre appui !
Invoquons le secours de la bonté divine ,
L'honnête homme craint Dieu , mais il ne craint que lui !

Lorsque la fortune le quitte ,

L'homme est toujours trop prompt à s'impressionner;
Il résulte de là que la peur précipite
Des malheurs que peut-être il pouvait détourner.

Si dans un moment de colère
Nous laissons éclater notre ressentiment,
Bientôt la raison nous éclaire
Sur les fâcheux effets de notre emportement.

Encore bien que la souffrance
Frappe des malheureux dignes d'un meilleur sort,
C'est surtout par l'intempérance
Qu'on va le plus vite à la mort.

On peut, dans le temps où nous sommes,
Emettre des absurdités;
On trouvera toujours des hommes
Prêts à les accueillir comme des vérités.

Un magistrat en exercice
Ne doit pas connaître d'amis,
C'est pour rendre à tous la justice
Que le pouvoir lui fut remis.

Quand l'homme, dépouillant son ancienne rudesse,
Voulut vivre en société,
Il inventa la politesse
Pour lui tenir lieu de bonté.

La loi d'un Dieu sévère et sage
Interdit au méchant tout espoir de bonheur;

Il peut avoir la paix peinte sur le visage,
    Mais il a l'enfer dans le cœur.

    Quelques talents qu'ait l'hypocrite,
Quel que soit son esprit ou sa capacité,
La moindre des vertus a bien plus de mérite
    Aux yeux de la Divinité.

    Il est des choses incroyables
    Qui pourtant nous crèvent les yeux :
    On entend des gens honorables
    Se vanter d'être paresseux !

Autant que vos bienfaits seront inépuisablés,
    Vous serez chéris et loués ;
Autant que les destins vous seront favorables,
Vous trouverez partout des amis dévoués.

Un homme sans argent, dans le siècle où nous sommes,
D'un obstacle imprévu viendra peut-être à bout ;
Mais l'or n'en est pas moins, aux yeux de bien des hommes,
    Le plus sûr des passe-partout.

    La vie est une jouissance
    Que le malheur vient abréger,
    Il est heureux que l'espérance
    Ait le don de la prolonger.

    Avant que de rien entreprendre
    Il est prudent de réfléchir,
    Souvent notre sort peut dépendre

Du pas que nous allons franchir.

A vingt ans un jeune homme évite
Les lieux où la raison semble encore habiter,
Et même il se fait un mérite
De vivre sans la consulter.

La beauté n'est jamais qu'une fleur éphémère;
Seul, le talent jouit d'un éternel printemps ;
La beauté n'a qu'un temps pour plaire,
Et l'autre plaît dans tous les temps.

L'homme accablé par la souffrance
Jette sur l'avenir un regard douloureux,
Et se cramponne à l'espérance,
La planche de salut de tous les malheureux.

Si vous faites le bien, ayez soin de vous taire
Pour ne pas molester celui qui l'a reçu ;
Le grand mérite est de le faire
Et de n'être pas aperçu.

PENSÉES ET MAXIMES.

———◆◆◆———

A mon collègue et ami, Émile Richebourg,

Secrétaire de l'*Union des Poètes*.

———◆◆◆———

II.

Il faut, même au siècle où nous sommes
Accepter deux faits évidents,
Savoir : les injures du temps,
Et les injustices des hommes.

Pour peu qu'elle ait de jugement,
Fût-elle orgueilleuse et légère,
Une femme n'est pas dupe d'un compliment
Qu'elle sait n'être pas sincère.

Dans l'âge des amours on se plaît à penser
Que la vie est inépuisable,

Illusion bien regrettable
Qui ne tarde pas à passer !

Parmi les attributs qui nous paraissent être
L'apanage direct de la divinité,
Celui que nul mortel ne saurait méconnaître
Est assurément la Bonté.

Souvent le hasard déconcerte
Des plans formés pour l'avenir,
Et notre bonheur peut surgir
D'où nous attendions notre perte.

On peut, sans jouer sur les mots,
Emettre un sentiment très-souvent applicable :
Il faut savoir choisir le moment favorable,
Et les hommes d'esprit sont quelquefois des sots.

La nature est pour nous une si bonne mère,
Qu'elle songe à tous ses enfants ;
Elle nous donne des talents,
C'est à nous de trouver l'emploi qu'il faut en faire.

Parmi les plaisirs d'ici-bas,
Il faut bien, en passant, noter la suffisance ;
Un sot qui ne se flatte pas
Ne peut avoir de jouissance.

La vie est un trésor dont nous sommes jaloux,
Nous l'exposons pourtant au hasard des naufrages ;
C'est que nous raisonnons en sages,

Et que nous agissons en fous.

. Il peut bien arriver qu'avec tout son prestige
Une belle action ne nous serve de rien ; `
    L'exemple du mal nous corrige
    Mieux que le spectacle du bien.

  La vérité comporte, à l'époque où nous sommes,
    De petits embellissements ;
    Lorsque l'on veut la dire aux hommes,
Il faut la revêtir de quelques ornements.

    Au lieu de se traiter en frères,
Les hommes à l'envi cherchent à se duper ;
    Et l'art de mener les affaires
    Est bien souvent l'art de tromper.

    Quand on commence à se connaître,
On met, dans ses rapports, moins de ménagements ;
    C'est ainsi qu'entre deux amants
    L'ennui court grand risque de naître.

  Même pour l'orgueilleux qui veut tout éclipser,
Je crois que l'égoïsme est un mauvais système ;
    Quand on pense trop à soi-même,
On dispense à coup sûr les autres d'y penser.

  Quelquefois un éloge est une maladresse
Si celui qui l'obtient ne l'a pas mérité ;
Un bourru dont on vient louer la politesse
    Doit se tenir pour insulté.

Tout ce qui vit dans la nature
Doit un jour être anéanti,
Et rentrer dans la nuit obscure
D'où le hasard l'avait sorti.

Je ne puis comprendre la gloire
Qui consiste à coucher des hommes au cercueil ;
Oh, l'abominable victoire
Que celle qui mettra tout un pays en deuil !

Aux caprices de la fortune
Les biens des hommes sont soumis ;
Mais on met à l'abri d'une perte commune
Ce que l'on donne à ses amis.

Dieu témoigne partout sa sagesse profonde ;
Eussent-ils cumulé toutes les dignités,
Les hommes sortent de ce monde
Sans emporter des biens qu'ils n'ont pas apportés.

L'honnête homme est heureux quand il rend un service,
Il prête aux opprimés un généreux appui,
Et n'hésite jamais à rendre la justice,
Même à ceux qui sont loin d'être justes pour lui.

L'amour-propre de l'homme est une égratignure
Qu'il ne faut jamais entamer ;
Vous ouvririez une blessure
Que vous ne pourriez pas fermer.

Parmi les libertins prenez le plus infâme,

Il fait du mieux qu'il peut pour cacher sa noirceur ;
Tant il est vrai que dans notre âme
Dieu grava pour le vice une invincible horreur.

Refuser de rendre justice
A ceux qui sont vaincus pour avoir combattu,
Ce serait enhardir le vice
Et décourager la vertu.

Le cœur de l'homme est un problème,
Un mélange confus d'infamie et d'honneur ;
Juger quelqu'un d'après soi-même,
C'est le meilleur moyen de tomber dans l'erreur.

La colère est, dit-on, mauvaise conseillère,
Jamais un furieux n'est bien maître de lui,
L'homme qui se met en colère
Se punit des fautes d'autrui.

Il existe un ancien adage
Qui me semble judicieux :
Le bonheur rend l'homme orgueilleux,
Et l'adversité le rend sage.

Voyez où le progrès nous a déjà conduits :
Un fait incontestable, à l'époque où nous sommes,
C'est que le mérite des hommes
A sa saison, comme les fruits.

L'homme de bien a pour devise
De ne pas suspecter la bonne foi des gens,

Et souvent sa grande franchise
Le rend la dupe des méchants.

Pour faire accepter leur empire,
Les grands n'ont pas besoin de cacher leurs splendeurs ;
Un regard, un léger sourire
Suffit pour leur gagner les cœurs.

La mort est, comme la naissance,
Un passage mystérieux,
Et nous sommes dans l'impuissance
D'expliquer ce mystère accompli sous nos yeux.

PENSÉES ET MAXIMES.

———❦———

A MON COLLÈGUE,

M. H. Dupontavice de Heussey,

Membre de l'*Union des Poètes*.

———❦———

III.

PLUS l'homme mérite de blâme
S'il se montre insensible aux misères d'autrui,
Plus il a de grandeur dans l'âme
S'il se rit des malheurs qui n'atteignent que lui.

Etre toujours en paix avec sa conscience,
Ne jamais transiger sur les lois de l'honneur,
Voilà la suprême science
Et tout le secret du bonheur.

L'honnête homme, à mon sens, ignore les faiblesses

Du reste de l'humanité,
La crainte de la mort ni l'appât des richesses
N'ébranlent point sa volonté.

Parmi les vérités que la raison impose,
Un fait me semble bien acquis :
C'est que, pour savoir quelque chose,
Il faut au moins l'avoir appris.

Des gens qui disputaient la veille
Pour expliquer un fait qui leur importait peu,
Demain s'entendront à merveille .
Si leurs intérêts sont en jeu.

Lorsque, cent fois le jour, quelqu'un viendra vous dire:
« Ce que vous m'apprenez, je le savais très-bien ! »
Vous pouvez hardiment induire
Que ce quelqu'un-là ne sait rien.

Si vous voulez goûter les douceurs de la vie,
Accordez au talent un légitime honneur ;
Il faut renoncer au bonheur
Quand on est rongé par l'envie.

Lorsque le cœur a commandé,
La raison perd tout son empire ;
On est bientôt persuadé
D'une chose que l'on désire.

Gardez-vous d'arrêter vos yeux
Sur la condition d'un autre :

Le sort qui vous plairait le mieux
Est souvent pire que le vôtre.

Il faut adoucir nos humeurs,
Nous entourer enfin de quelque poésie,
Car c'est l'aménité des mœurs
Qui fait le charme de la vie.

Si parmi tant de nations
L'habitude entretient une fausse doctrine,
Cette erreur doit son origine
A l'empire des passions.

La plupart des hommes qui pensent
Pourraient de leurs écrits abréger la longueur ;
C'est par ce moyen qu'ils compensent
Ce qui leur manque en profondeur.

Eclipser leurs rivaux, satisfaire un caprice,
Voilà le mobile des grands ;
Souvent l'ambition, rarement l'avarice,
Arme la main des conquérants.

La passion de l'or, l'amour de la puissance
Ont bouleversé des Etats ;
Et le désir de la vengeance
Est le motif secret de bien des attentats.

Juges insensés que nous sommes,
Nous admirons souvent d'inflexibles bourreaux ;
Que la guerre ait fait des héros,

10

Il n'est que la vertu pour faire les grands hommes !

Quand du faîte de la grandeur
On est tombé dans la misère,
On distingue l'ami sincère
D'avec le froid adulateur.

Il n'est pas un seul homme à qui l'on tienne compte
Des plus laborieux essais,
Et dans la suite on n'a pas honte
De le juger sur le succès.

Bien des hommes obscurs ressemblent à ces plantes
Qu'on voit naître, tomber, dessécher et pourrir ;
Ils avaient cependant des vertus excellentes
Que l'aveugle hasard n'a pas fait découvrir.

Gouffre sans limite et sans terme,
Le passé doit tout engloutir ;
Chaque instant l'ouvre, et le referme
Sur ce qu'il vient d'anéantir.

Ceux qu'un respect humain force à la bienfaisance
Ne sont pas toujours généreux ;
Il faut donner avec aisance
Ce que l'on donne aux malheureux.

Quel que soit l'état qu'on choisisse,
C'est peu que de bien commencer ;
Pour qu'une affaire réussisse,
Il ne faut jamais se lasser.

Les donneurs d'avis sont bizarres
Et presque toujours importuns ;
Si les bons conseils sont communs,
Les bons exemples sont plus rares.

Un gueux qui s'enrichit, ivre de sa splendeur,
Affiche quelquefois un orgueil détestable ;
Mais la véritable grandeur
Sait toujours se montrer affable.

Ce serait, il me semble, un immense bienfait
Que l'on pût supprimer le luxe et la mollesse ;
Si les uns ont tout à souhait,
Les autres sont dans la détresse.

La haine et de justes remords,
Voilà les fruits de la vengeance ;
La vigueur de l'esprit et la force de corps,
Voilà ceux de la tempérance.

Comme un torrent impétueux
Débordé par un jour d'orage,
De même un luxe scandaleux
Renverse tout sur son passage.

Un sage a dit avec raison :
Ne comptez jamais sur la vie,
En tous lieux, en toute saison,
Elle peut vous être ravie.

Un prince trop avare, un roi trop généreux,

Sont tous les deux de grands coupables,
Et, sans être eux-mêmes heureux,
Ils font partout des misérables.

C'est par un orgueil déplacé
Que l'ignorant se manifeste ;
Parce qu'il est toujours sensé,
Le mérite est toujours modeste.

Lorsqu'un ancien ami tombe dans le malheur,
Aimons-le malgré sa disgrâce,
Et gardons-lui toujours la place
Qu'il occupait dans notre cœur.

PENSÉES ET MAXIMES.

A. M. Achille Poincelot,

Directeur du *Panthéon des Femmes*.

———◄●►———

IV.

Quand un homme nous fait une insulte gratuite,
Fermons les yeux pour ne rien voir ;
Le plus grand châtiment qu'il puisse recevoir,
C'est que nous ayons l'air d'ignorer sa conduite.

Consultez les vivants, interrogez les morts,
Vous n'en trouverez pas qui soient irréprochables ;
Chacun d'eux a bien quelques torts
A reprocher à ses semblables.

L'homme qui ne fait aucun bien
Devient un mandataire infidèle à sa tâche ;

S'il ne peut se priver de rien,
Il faut qu'il ait le cœur bien lâche.

La vertu, disons-nous, est l'ornement des cœurs,
Nous vantons tous les jours sa douceur et sa grâce,
Et cependant chaque jour passe
Sans que nous essayions de devenir meilleurs.

Pour trouver dans la nuit un repos salutaire,
Pour goûter les douceurs d'un paisible sommeil,
Ne souffrons pas que le soleil
Se couche sur notre colère.

Bien que l'on doive aux arts des secours généreux
Contre les douleurs de la vie,
Les artistes, en butte aux serpents de l'Envie,
Ne sont presque jamais heureux.

En vain nous nous livrons à des travaux sans nombre,
Tout art, toute science à son nœud gordien,
Et lorsque la mort vient nous couvrir de son ombre,
Nous disons tous bien haut que nous ne savons rien.

Depuis que l'Univers existe,
On parle de félicité;
Dire en quoi la chose consiste
Est la grande difficulté.

J'ai trop peu d'esprit pour comprendre
Les violents débats que je vois tous les jours,
A moins qu'on n'ait juré de ne jamais s'entendre

Pour avoir le plaisir de disputer toujours.

On sait que la justice est une,
Qu'une grande vertu vaut mieux que de grands biens ;
Mais pour l'ambitieux qui vise à la fortune,
  Il n'est pas de petits moyens.

Je conviens qu'un grand nom est un titre sonore,
  Surtout quand il est bien porté ;
Mais se faire un rempart de ceux qu'on déshonore,
  Est une grande absurdité.

L'envieux est jaloux de tous les témoignages
  Que l'on rend au talent d'autrui,
Comme si tous les biens et tous les avantages
  N'avaient été faits que pour lui.

C'est en vain qu'aux vertus un homme nous convie,
  Si du vice il suit le chemin ;
  L'exemple d'une belle vie
Est un enseignement pour tout le genre humain.

Nous devons aimer notre mère,
Car c'est elle, après Dieu, qui nous donna le jour,
  Car c'est le seul être sur terre
Dont la longueur du temps n'épuise point l'amour.

L'homme ici-bas ne peut comprendre
Qu'il doit, pour être heureux, limiter ses désirs ;
  Mais l'ennui finit par le prendre,
S'il ne sait à propos varier ses plaisirs.

La bonhomie et l'indulgence
Distinguent l'homme généreux ,
Et sa plus douce jouissance
Est de faire quelques heureux.

Cette immortalité que le poète envie
S'achète bien souvent au prix de la santé ,
Car son but est bien moins de prolonger sa vie
Que de léguer son nom à la postérité.

L'occupation des bons princes
N'est pas de se livrer à de vastes projets ,
Mais d'administrer leurs provinces
De manière à gagner le cœur de leurs sujets.

O vous qui portez des couronnes ,
Peut-être comptez-vous des amis empressés ,
Mais quelques-uns d'entr'eux aiment moins vos personnes
Que les biens dont vous jouissez.

On tolère aux enfants des œuvres libertines
Dont la lecture est un poison ;
Est-ce pour les former à de telles doctrines
Que Dieu nous donne la raison ?

La fortune, injuste et volage ,
Aime à tromper ses favoris ;
Celui qui se croit le plus sage
Est souvent le premier surpris.

Tout s'altère et périt dans le monde où nous sommes ,

Le granit tombe en poudre et l'or doit se ternir ;
Mais, plus forts que le temps, les écrits des grands hommes
    Bravent les siècles à venir.

Des vices dégradants dont l'homme est susceptible,
L'avarice est celui que j'exècre le plus,
Parce qu'il me paraît tout-à-fait impossible
    Qu'un avare ait quelques vertus.

S'il voulait se ranger sous les lois d'un Dieu sage,
L'homme verrait surgir quelques jours sans douleur,
Et l'on peut à bon droit dire que son malheur
    Est bien souvent son propre ouvrage.

Au premier jour de l'an échangeons ce souhait :
Mon frère, ayez toujours l'âme sensible et bonne !
    La récompense d'un bienfait
    Est le plaisir même qu'il donne.

    L'intelligence et la candeur
    Sont les plus beaux fleurons des âmes,
    La modestie et la pudeur
    Sont les plus beaux atours des femmes.

Quand vous verrez quelqu'un prendre un mauvais chemin,
    Ne lui criez pas anathème ;
Un homme trop sévère à l'égard du prochain
    Ne l'est pas assez pour lui-même.

    Quand la neige perd sa blancheur,
    Elle ne peut plus la reprendre ;

Quand un homme a perdu l'honneur,
Rien ne saurait plus le lui rendre.

Lorsque par le malheur les riches sont surpris,
La détresse est pour eux un obstacle invincible;
Le travail est toujours pénible
Pour ceux que le luxe a nourris

En vertu des lois naturelles
Nous sommes tous soumis à deux conditions :
Il faut tuer ses passions,
Ou bien être tué par elles.

Il ne faut pas traiter d'obtus
Ceux qui recherchent la louange,
Exigeons plutôt qu'en échange
Ils nous offrent quelques vertus.

De l'âge le plus tendre à l'extrême vieillesse
Le cœur de l'homme peut changer ;
Mais il n'a pour se corriger,
Que les seuls jours de sa jeunesse.

Gardons-nous de jamais blâmer
Les desseins de l'Être-Suprême ;
S'il n'eût eu de bontés que pour celui qui l'aime,
Tout le monde eût voulu l'aimer.

Nous tombons tous les jours dans des erreurs grossières
Ou dans des excès odieux ;
Est-ce pour les fermer à toutes les lumières

Que Dieu nous a donné des yeux ?

Ayez sur vous assez d'empire
Pour entendre un hâbleur sans lui rien contester ;
Il ne faut jamais contredire ,
Comme il ne faut jamais flatter.

Toutes les passions s'usent par l'exercice
Que l'on fait pour les assouvir,
Toutes, excepté l'avarice
Qu'il faut, jusqu'à la mort, honteusement servir.

Doit-on vous faire part de quelque réussite,
On y procède avec lenteur ;
Rien ne vous parviendra plus vite
Que la nouvelle d'un malheur.

La bonté de Dieu me pénètre ;
Lorsque l'homme déroge à l'ordre général ,
La Providence a soin de mettre
Le remède à côté du mal.

Dans le temple escarpé des faveurs et des grâces,
Tout brille d'un éclat frappant ,
Mais les portes en sont si basses
Qu'on n'y peut entrer qu'en rampant.

Encore bien que sur la terre
On rencontre des gens obtus ,
Tous ceux que le soleil éclaire
Sont susceptibles de vertus.

Ne traînez pas à votre suite
Les malheureux à qui vos dons sont destinés ;
    Les bienfaits perdent leur mérite,
    Quand ils ne sont pas spontanés.

    Presque toujours l'homme diffère
Ce qui touche le plus à ses vrais intérêts ;
    Puis, quand il est prêt à bien faire,
La mort met à néant ses plans et ses projets.

    On a vu plus d'un politique
Apporter un obstacle à d'utiles travaux,
Sacrifiant ainsi l'utilité publique
    A sa haine pour ses rivaux.

Jamais l'ambitieux ne borne sa carrière,
Il poursuit ses projets même aux dépens d'autrui,
Et ne regarde pas ceux qu'il laisse en arrière,
    Mais ceux qui marchent devant lui.

Il faut peut-être avoir l'âme plus généreuse,
Le cœur plus dégagé des biens qui nous sont chers,
Pour apprendre avec calme une nouvelle heureuse
    Que pour supporter un revers.

    L'homme avare et l'homme prodigue
Sont tous deux commensaux de la même maison ;
    L'un et l'autre ont franchi la digue
Qui nous sert de rempart contre la déraison.

Tel qui laissa grossir une petite affaire

Se créa bien des embarras ;
Fais aujourd'hui ce qu'il faut faire ,
Demain tu te reposeras.

A ramper devant ceux qui sèment les richesses
L'ambitieux est toujours prêt ;
L'orgueil aboutit aux bassesses
Plus vite encore que l'intérêt.

Cette immortalité qui ne fait que de naître ,
Vers laquelle ont couru des hommes si divers ,
Est condamnée à disparaître
Sous les débris de l'Univers.

Lorsque d'honnêtes gens tombent dans la détresse ,
Lorsque leur avenir se trouve compromis ,
Il n'est pas difficile, avec un peu d'adresse ,
De se procurer des amis.

PENSÉES ET MAXIMES.

A M. Gourdon de Genouillac,

Secrétaire perpétuel de la Société des Archivistes de France.

V.

Le monde est comme un charlatan,
Sa tenue est toujours bouffonne,
Il met ses faveurs à l'encan
Et promet bien plus qu'il ne donne.

Si l'on n'est pas homme d'honneur,
On tient du moins à le paraître ;
Mais, sans prendre un masque trompeur,
Ne vaudrait-il pas bien mieux l'être?

Qu'un pauvre timide et confus
Vienne implorer du riche une aumône secrète,

L'air hautain dont on la lui jette
Est souvent plus dur qu'un refus.

Retenez bien cette maxime
Que tout homme d'honneur semble affectionner :
    Plus la vengeance est légitime,
    Plus il est beau de pardonner.

Comme on l'a dit souvent, la vie est un passage,
Le monde, un lieu d'exil d'où l'homme doit sortir ;
Mais l'heure du départ ne surprend point le sage,
    Il est toujours prêt à partir.

Minerve est un génie actif et tutélaire,
    Mars, un artisan de douleurs ;
    Minerve a consolé la terre
Quand Mars, au lieu d'encens, lui demandait des pleurs.

    Ceux qui consument leur jeunesse
    Dans de coupables voluptés,
Ne peuvent qu'espérer, quand viendra la viellesse,
    De honteuses infirmités.

Vous rencontrez des gens dont la bouche trop prompte
Vous fait effrontément des offres d'amitié,
    Et qui plus tard n'auront pas honte
    De vous déchirer sans pitié.

    Trouvez une sorte de gloire
A publier bien haut les services reçus,
    Mais n'ayez jamais de mémoire

Pour ceux que vous avez rendus.

Celui qui n'a rien fait pour empêcher un crime
Doit toujours être recherché,
Et subir sans merci la peine légitime
Du mal qu'il n'a pas empêché.

L'avare se tourmente et quelquefois s'épuise
Pour grossir un trésor qui ne lui sert de rien,
Insensé qui prend pour devise
De ne pas jouir de son bien !

Quelque agréable, quelque douce
Que soit la jouissance ou la possession,
Ce que l'on obtient sans secousse
Ne vaut jamais l'illusion.

Mettez vos soins et votre étude
A réveiller partout les instincts généreux,
La crainte de l'ingratitude
Ne doit pas empêcher de faire des heureux.

La vie est un voyage et la mort doit la suivre,
Et nous passons *insoucieux*,
Et beaucoup d'entre nous rejoignent leurs aïeux
Sans avoir le loisir de songer à bien vivre.

C'est lorsque la main du malheur
Ouvre nos yeux à la lumière,
Que nous regardons en arrière
Pour maudire trop tard notre fatale erreur.

Qu'un orage subit éclate sur sa tête,
L'homme sans conscience est bientôt abattu ;
    Mais le génie et la vertu
Marchent sans hésiter à travers la tempête.

Partager sa fortune avec ceux qui n'ont rien,
Dire aux déshérités : Ma maison est la vôtre !
    Voilà le devoir du chrétien,
    Et moi, je n'en connais pas d'autre !

    Comme tous les arbres à fruit
    Où l'art vient aider la nature,
    Les talents donnent un produit
    En rapport avec leur culture.

    A marcher l'homme est bientôt prêt
    Quand on lui parle de victoire;
    Mais l'honneur, le plaisir, la gloire,
    S'effacent devant l'intérêt.

Pour savoir ce que c'est qu'un ami qui vous aime,
Il faut avoir senti l'étreinte du malheur ;
Pour bien apprécier ce que peut la valeur,
Il faut s'être trouvé dans un péril extrême.

    Les flatteurs souhaitent aux rois
Toutes les qualités qu'exige la puissance,
    Il faut excepter toutefois
    L'économie et la prudence.

    La bienfaisance est un terrain

Qui coûte bien moins qu'il ne donne ;
L'aumône, dit un vieux refrain,
N'a jamais appauvri personne.

La France a bien des habitans
Plongés encor dans l'ignorance,
Ce sont eux que les charlatans
Vont exploiter de préférence.

Quel que soit le rang glorieux
Où vous ait poussé la fortune,
La mémoire de vos aïeux
Ne doit pas vous être importune.

Lorsqu'un Dieu bon et généreux
Eut jeté l'homme sur la terre,
Il lui donna, dit-on, cet avis salutaire :
Sois juste, et tu seras heureux !

PENSÉES ET MAXIMES.

A M. de Lachapelle,

Rédacteur en chef de l'*Étoile de l'Empire.*

VI.

Si les trois quarts du genre humain
Restent fatalement plongés dans la détresse,
D'autres, pour entasser richesse sur richesse,
N'ont besoin que d'ouvrir et de fermer la main.

La science nous offre un secours tutélaire
Et contre l'infortune et contre les ennuis,
  Sa racine est toujours amère,
  Mais rien n'est plus doux que ses fruits.

  On néglige, au temps où nous sommes,
  Un devoir bien impérieux :

C'est que, pour commander aux hommes,
Il faut que l'on soit meilleur qu'eux.

On regarde d'un œil d'envie
Ceux qui sont montés aux honneurs,
Et l'on ne songe point qu'ils ont passé leur vie
Dans les veilles et les labeurs.

Nous devons éviter toute plainte importune
Qui nous aigrit sans nous guérir ;
Moins on a mérité ses revers de fortune,
Plus on est ferme pour souffrir.

La vie est une épreuve, et celui qui la quitte
Pour fuir un malheur passager,
Est un lâche qui prend la fuite
Lorsque vient l'heure du danger.

Pour trouver le bonheur, a dit un homme sage,
La richesse n'est qu'un moyen ;
Et ce que vous cherchez dépend du bon usage
Que vous ferez de votre bien.

Il se peut que les grands coupables
Aient quelque inquiétude au sujet de leur sort,
Mais les hommes irréprochables
N'ont jamais eu peur de la mort.

Apanage de Dieu, la justice est aimée
Sur tous les points de l'Univers,
Tous les jours elle est réclamée

Par les hommes les plus pervers.

Ceux qui n'ont éprouvé ni peines ni déboire
Ont le cœur bon et généreux,
Mais ils sont trop portés à croire
Que tous les hommes sont heureux.

Jamais les conseils de l'envie
N'assureront votre bonheur ;
Mieux vaut pour vous perdre la vie
Que de transiger sur l'honneur.

L'ami qui, sauf à vous déplaire,
Vous dit toujours la vérité,
Est un oracle tutélaire
Qui doit toujours être écouté.

Loin d'admirer de Dieu la sagesse profonde,
Nous essayons souvent de limiter ses droits ;
Si c'est lui qui créa le monde,
N'est-ce pas à lui seul de lui donner des lois?

La plus indulgente critique
Paraît toujours sévère à de mauvais auteurs ;
Et la fortune semble inique
A ceux qui n'ont jamais obtenu ses faveurs.

Celui qui prendra pour maxime
D'ouvrir les yeux des Rois sur quelque passion,
Aura peut-être leur estime,
Mais jamais leur affection.

Soit faiblesse, soit négligence,
On fermera les yeux sur les écarts d'un fils ;
Mais plus tard on est sûr de recueillir les fruits
D'une si coupable indulgence.

Tous les vices sont désastreux,
Tous mènent à la turpitude ;
Mais le plus infâme d'entre eux
Est à coup sûr l'ingratitude.

On l'a bien souvent répété,
Le cœur de l'homme est un problème,
Et la grande difficulté
Est de se connaître soi-même.

Il est des gens malencontreux
Dont un mauvais génie entrave la carrière ;
Quand d'autres, sans efforts, ont trouvé la manière
De s'arranger pour être heureux.

A l'égard d'un ami, même d'une maîtresse,
Soyez sévère, s'il le faut ;
La bonté n'est plus qu'un défaut
Quand elle se change en faiblesse.

A ne pas nous donner d'encens
La simple pudeur nous invite ;
L'homme le plus vide de sens
Est l'homme plein de son mérite :

Parmi tant de travaux que les hommes ont faits,

Choisissez les plus remarquables ;
Tous sont plus ou moins imparfaits,
Il n'en est pas d'irréprochables.

Vous avez presque toujours tort
De voir dans le destin un arbitre suprême,
Et, loin de vous plaindre du sort,
Il vaudrait beaucoup mieux vous plaindre de vous-même.

Toutes les passions sont des tyrans affreux
Qui nous retiennent dans leurs chaînes,
Et les hommes les plus heureux
Ont moins de plaisirs que de peines.

Défions-nous avec raison
De tous les jugements que la haine fait naître,
Car l'ornement d'une maison,
A dit un grand poète, est la vertu du maître.

Les éloges donnés aux monarques vivants
N'ont jamais consacré leur gloire;
Il est besoin pour leur mémoire
Qu'ils soient renouvelés sous les règnes suivants.

PENSÉES ET MAXIMES.

A Monsieur Eugène Berthoud,

Vice-Président de l'*Union des Poètes*.

VII.

On voit des gens épris d'une amitié très-vive
Avant de s'être bien connus ;
Mais quelques jours après la défiance arrive ,
Et l'amitié n'existe plus.

On connaît le brave à la guerre ,
Le glorieux à sa roideur,
L'homme sage dans la colère ,
Et l'ami vrai dans le malheur.

Penser à soi n'est pas un crime ,
Puisque ce sentiment nous vient de notre auteur;

Mais, disons-le bien haut, l'égoïsme comprime
　　Les plus nobles élans du cœur.

　　Les médisants ne s'entretiennent
Que de ce qui peut nuire à quelques-uns d'entre eux ;
　　Mais les gens de bien se soutiennent,
Et se prêtent toujours un appui généreux.

Pour frapper à coup sûr, les lettres anonymes
Sont un moyen honteux fort en vogue aujourd'hui,
Celui qui les écrit prend toujours ses victimes
　　Parmi des gens meilleurs que lui.

Les haines entre amis sont d'autant plus terribles,
Elles ont des effets d'autant plus désastreux,
　　Qu'ils avaient été plus sensibles
　　A l'espoir de se rendre heureux.

　　Après être nés dans les larmes,
Nous passons notre vie à former des projets,
　　Nous vieillissons dans les alarmes,
　　Et nous mourons dans les regrets.

　　Toute maxime qui nous blesse
Ressemble au trait parti des créneaux d'un rempart,
　　Et qui, conduit par le hasard,
　　Vient d'arriver à son adresse.

　　L'insolente prospérité
Affranchit du respect qu'on doit à la puissance ;
　　Et l'indiscrète vanité

12

Dispense quelquefois de la reconnaissance.

Si le pays natal a besoin de ton bras,
Ecoute son appel au risque de ta vie,
    Car celui qui ne l'entend pas
N'eut jamais dans le cœur l'amour de la patrie.

    Les désirs d'un ambitieux
    S'accroissent avec sa fortune ;
    Jamais un sot prétentieux
    Ne croit sa présence importune.

Nous voyons tous les jours la haine prolonger
Une dissension fortuite et passagère,
    Et l'on aspire à se venger
    D'un tort souvent imaginaire.

    Avant de connaître les gens
    Ne soyez pas trop sociable,
    L'alliance avec les méchants
    Ne peut jamais être durable.

Devez-vous prononcer dans des discussions,
Donnez tort à celui qui descend à l'injure ;
    L'homme que son bon droit rassure
Est toujours réservé dans ses expressions.

Le désir de briller est souvent un obstacle
Que bien des écrivains ne peuvent écarter,
Le désir d'arriver trop tôt sur le pinacle
En condamne plus d'un à n'y jamais monter.

Toujours la misère accompagne
Un monarque trop belliqueux,
Et la guerre est, en somme, un procès ruineux
Même pour celui qui le gagne.

Je lis avec plaisir un livre bien écrit,
Je dors avec un sot qui parle par chapitres;
J'aime mieux avoir tort avec des gens d'esprit
Que raison avec des bélîtres.

Trouver un ami généreux
N'est certes pas chose nouvelle,
Mais il est encor plus heureux
De trouver un ami fidèle.

Retenons bien ce vers qu'on a trop oublié :
Attaquer mon ami, c'est m'attaquer moi-même !
Et concluons que l'amitié
Peut être portée à l'extrême.

Si dans un moment de fureur
Tu faisais sur toi-même un retour salutaire,
Tu verrais avec moins d'aigreur
Les injustices de ton frère.

Pour l'homme irrésolu, pas un petit projet,
Pas une affaire qui n'avorte !
Doué d'une volonté forte,
Le génie élargit le plus mince sujet.

L'amorce d'une fausse gloire

Peut nous frapper d'aveuglement :
On se plaindra de sa mémoire
Et jamais de son jugement.

Espérons que Dieu fera grâce
Au pécheur qui lui marque un profond repentir,
N'attends pas néanmoins que la mort te menace
Pour songer à te convertir.

Qu'aux lois de l'équité ton cœur s'assujettisse,
Dieu punit tôt ou tard celui qui les enfreint ;
L'homme qui commet l'injustice
Doit souffrir encor plus que celui qui s'en plaint.

C'est en vain que l'homme coupable
Tâche de s'étourdir en palliant ses torts ;
S'il évite des lois la vengeance implacable,
Il ne peut échapper à ses propres remords.

Comme tant de faibles monarques,
Plus d'un poète eut peur de la sincérité ;
Moi, je dirai la vérité,
Dût-elle me mener sous le ciseau des Parques !

Ce n'est que dans les mauvais jours
Que l'on connaît l'ami fidèle,
Pour venir à notre secours
Il n'attend jamais qu'on l'appelle.

Quand un homme est tombé dans quelque mauvais pas,
Il faut bien pardonner quelque chose à la crainte ;

Mais l'honnête homme, en aucun cas,
Ne s'abaisse jusqu'à la feinte.

Si des infortunés vous content leurs malheurs,
Que leurs afflictions soient aussitôt les vôtres !
Vous allégerez vos douleurs
En soulageant celles des autres.

Laissons la pruderie et la duplicité
Prendre un air farouche et sauvage,
Car le maintien d'un homme sage
Ne doit avoir rien d'affecté.

On est si sensuel dans le siècle où nous sommes,
L'esprit des anciens temps est tellement changé,
Que tout ce qui s'oppose aux passions des hommes
Est traité de chimère et de sot préjugé.

L'homme que la fatigue oblige à la retraite
Et qui peut emporter l'amour de ses rivaux,
L'homme qui dit : on me regrette !
A le droit de jouir du fruit de ses travaux.

Bien des gens au travail refusent de s'astreindre,
Et demeurent oisifs à la fleur de leurs ans ;
Ce sont les premiers à se plaindre
De la rapidité du temps.

Comme une vague suit celle qui la précède
Quand une autre vient la pousser,
De même une aurore succède

A celle qui vient de passer.

Les hommes sont souvent trompés dans leur attente,
Mais un nouvel effort peut les récompenser,
Et l'espoir de fléchir la fortune inconstante
    Les engage à recommencer.

    Il faut des siècles pour répandre
    La plus simple des vérités ;
    Un seul jour suffit pour étendre
    Les plus grandes absurdités.

    C'est la main de Dieu qui protége
    Les peuples et les potentats,
Et l'irréligion, avec son noir cortége,
A toujours amené la chute des Etats.

    Je sais bien que l'insouciance
Entraîne quelquefois de terribles malheurs,
    Mais une injuste défiance
    Est le vice des mauvais cœurs.

    Une savante et chaste muse
    Ne fait jamais beaucoup de bruit,
Le lecteur est épris du livre qui l'amuse
    Et non du livre qui l'instruit.

Combien ne voit-on pas de gens dans la misère,
Parce que le travail leur a toujours coûté,
    Parce qu'ils voulaient leur salaire
    Avant de l'avoir mérité !

PENSÉES ET MAXIMES.

—◦◦◦◦◦—

A mon confrère, M. Jules Dieu,

Bibliothécaire à Saint-Lo.

—◦◦◦◦◦—

VIII.

L'APPARENCE n'est qu'une amorce,
Un vernis quelquefois trompeur ;
Ne jugeons donc jamais les bois à leur écorce,
Ni l'homme à son extérieur.

C'est l'espoir de trouver une main protectrice
Qui fit nommer les premiers rois ;
C'est la crainte de l'injustice
Qui fait que nous avons des lois.

Comme, pour leur malheur, les gens faibles écoutent
Les funestes conseils de la duplicité,

De même les méchants redoutent
La franchise et la vérité.

On fait souvent le mal parce que l'on espère
Que la peine est encor bien loin ;
On serait moins prompt à le faire,
Si l'on pensait toujours qu'on a Dieu pour témoin.

Quand l'homme est malheureux, il adresse sa plainte
A l'Être tout-puissant qui peut le protéger ;
Mais, hélas, que de vœux arrachés par la crainte
Ne doivent pas survivre à l'heure du danger !

Les siècles écoulés, comme l'âge où nous sommes,
Ont vu bien des iniquités,
Et c'est le destin des grands hommes
De voir leurs talents contestés.

Qu'un travail modéré vous soit toujours en aide,
Si de votre maison le bonheur s'est enfui ;
Car la distraction est le meilleur remède
Contre les chagrins et l'ennui.

Certes j'approuve un homme sage
Qui ne répond jamais à la déloyauté ;
Mais souffrir lâchement l'outrage,
C'est montrer qu'on l'a mérité.

Il est presque toujours funeste
De frayer avec les méchants ;
On voit bientôt périr le reste

De ses nobles instincts et de ses bons penchants.

Jamais la véritable gloire
Ne suivra la duplicité,
Et l'on voit marcher la victoire
Sous les drapeaux de l'équité.

Quelque temps un tartufe, habile en l'art de feindre,
S'applaudit des défauts qu'il parvient à celer ;
Mais à force de se contraindre
Il finit par se dévoiler.

Garde-toi d'exalter un ouvrage éphémère,
Bien que ce procédé soit en vogue aujourd'hui ;
Mais ne sois point jaloux des succès d'un confrère,
Car c'est te reconnaître inférieur à lui.

Destinés en naissant à vivre avec les hommes,
Soumettons-nous aux lois d'une douce amitié ;
Et puisque le hasard nous fait ce que nous sommes,
Ouvrons nos cœurs à la pitié.

Plus un homme tient à la vie,
A ses plaisirs, à ses trésors,
Plus il doit vénérer les soldats qui sont morts
En combattant pour la patrie.

Les gens de bien sont malheureux
En voyant la vertu vouée à la souffrance ;
Et l'homme bon et généreux
Parle aux infortunés de la sainte espérance.

13

On rencontre de fins matois
Sous un faux air de bons apôtres,
Mais le fourbe est pris quelquefois
Dans les lacs qu'il tendait aux autres.

Combien d'hommes ont prétendu
Qu'on leur a fait une injustice,
Et qu'on ne devait pas, pour payer un service,
Attendre qu'ils l'eussent rendu !

Il faut épier la fortune,
Faire souvent ce qu'elle veut,
Ne jamais exhaler une plainte importune,
Et la corriger quand on peut.

Faites-vous toujours une gloire
D'adoucir en secret le sort des malheureux ;
Peut-être de vos dons perdront-ils la mémoire,
Mais Dieu s'en souviendra pour eux !

Ne désertez jamais la voie
Que vous trace la loyauté,
Un traître est toujours détesté
Même de celui qui l'emploie.

L'égoïsme et la vanité
Sont portés à l'excès dans le siècle où nous sommes,
Et font autant de mal aux hommes
Que les traits acérés de la méchanceté.

Quand on vous rend de bons offices,

Voyez l'intention et non le résultat ;
    On est bien près d'être un ingrat
    Lorsque l'on pèse les services.

    L'humilité, comme l'orgueil,
    Est souvent portée à l'extrême ;
Il faudrait cependant éviter cet écueil
    Pour bien s'apprécier soi-même.

    On craint quelquefois d'avouer
    Ce que l'on pense au fond de l'âme,
    Et même on va jusqu'à louer
    Des actions dignes de blâme.

Pour abattre un puissant que l'on craint de froisser,
On feint, on dissimule, on le flatte, on l'abuse,
    Enfin on demande à la ruse
    Les moyens de le renverser.

D'incroyables erreurs sont quelquefois admises
    Même par des hommes d'esprit :
On convient volontiers qu'on a fait des sottises,
    On se défend d'en avoir dit.

    Au nom sinistre de Bellone,
    Le monde entier tremble et frémit ;
L'orgueil peut compromettre une illustre couronne,
    Et la justice l'affermit.

    Montre-toi loyal et sincère,
    Sans détours avec tes amis,

Et fais en sorte que ton père
S'honore de t'avoir pour fils.

Quelque grandes faveurs que Plutus vous octroie,
Si pleins que soient vos coffres-forts,
Rien ne peut compenser la joie
Qui s'enfuit devant le remords.

L'esclavage et le fanatisme
Enfantent l'injustice et la déloyauté ;
L'honneur et le patriotisme
Sont les fils de la Liberté.

Sur ce globe instable et fragile
On ne peut rien éterniser :
Quel que soit son orgueil, l'homme est pétri d'argile,
Et le plus faible choc peut le pulvériser.

Trompé dans son espoir, trahi par la fortune,
Poursuivi par l'adversité,
Le sage se soumet à la règle commune
Et sait garder sa dignité.

Pendant le cours de sa carrière
Un homme généreux ne s'arrête jamais ;
Il regarde toujours ce qui lui reste à faire
Et non les travaux qu'il a faits.

A quelques dignités que le sort vous conduise,
Restez toujours simple de cœur ;
Plus on est grand, moins on s'avise

De faire sentir sa grandeur.

L'ouvrier courageux achève
Le travail qu'il a commencé,
Et l'homme généreux relève
L'ennemi qu'il a terrassé.

Les princes doivent tendre une main protectrice
A qui vient invoquer les lois ;
Ceux qui n'ont pas le temps de rendre la justice
Ne sont pas dignes d'être rois.

Quelque méchants que soient les hommes ,
Ils rendent cependant hommage à la vertu ,
Et même à l'époque où nous sommes
Le vice est encor combattu.

N'entreprenez aucun ouvrage ,
Que la réflexion ne préside au début ;
Ce serait vous mettre en voyage
Sans préparatifs et sans but.

Encore bien que sa conduite
Donne lieu quelquefois à d'étranges propos ,
Ce qui choque le plus un homme de mérite ,
Ce sont les suffrages des sots.

Jamais un malheureux , quoi qu'il ait fait du reste ,
Ne veut vous avouer qu'il mérite son sort ;
Il subit du destin l'influence funeste ,
Et la fortune a toujours tort.

Le grand vice de la richesse
Est toujours de corrompre ou d'endurcir les cœurs;
Montrer de la réserve au faîte des grandeurs,
C'est le comble de la sagesse.

Pourquoi tant de mauvais chrétiens
Ont-ils cru posséder la vertu des Apôtres?
C'est qu'on ouvre les yeux sur les défauts des autres,
Et qu'on les ferme sur les siens !

L'homme est toujours lent à comprendre
Un plan d'intérêt général,
Rien n'est plus prompt à se répandre
Que la contagion du mal.

Êtes-vous insulté par une bouche impure,
Feignez de n'avoir pas compris;
On doit récolter le mépris,
Lorsque l'on a semé l'injure.

Rivés par la mollesse à l'amour des faux biens,
Nous devons en trouver la perte douloureuse,
Et la mort qui viendra rompre tous ces liens
Nous paraît encor plus affreuse.

N'oublions jamais qu'un grand cœur
Ne s'ouvre pas à la vengeance,
Et que le devoir d'un vainqueur
Est de montrer de l'indulgence.

L'homme fort voit couler ses jours

Dans une heureuse insouciance ;
L'homme faible flotte toujours
Entre la crainte et l'espérance.

Le plus riche mortel, avec tous ses trésors,
Ne corrompra jamais sa propre conscience ;
    Mieux vaut vivre dans l'indigence
    Que de mourir dans les remords.

    Puisque avec justice et largesse
    Dieu nous dispense ses bienfaits,
    Partageons-les avec sagesse
    Et ne les gaspillons jamais.

Poésies Diverses.

I.

Un homme qui ne comprend pas.

Je n'ai jamais compris la funeste conduite
Du riche dont la main rebute l'indigent ;
La honte et l'infamie en sont toujours la suite,
      Et l'honneur vaut mieux que l'argent.

Je n'ai jamais compris la sotte tentative
De celui que le vol ne saurait enrichir ;
Car la justice humaine est bien expéditive,
      Et ne se laisse pas fléchir.

Je n'ai jamais compris la coupable pensée
De l'homme qui médite une séduction ;
Une heure de plaisir est promptement passée,
      Et le remords suit l'action.

Je n'ai jamais compris le criminel délire
De ceux dont la manie est de troubler l'Etat ;
Ceux qui les ont poussés sont les premiers à rire
    Quand la loi punit l'attentat.

Je n'ai jamais compris le grossier artifice
De l'homme imprévoyant qui s'obstine à mentir ;
Toujours la vérité renverse l'édifice
    Qu'il eut tant de peine à bâtir.

Je n'ai jamais compris qu'en bonne politique
On donne toujours tort à ceux qu'on n'aime pas ;
Le blâme qui dès lors devient systématique
    Est évidemment un faux pas.

Je n'ai jamais compris l'orgueilleuse entreprise
De l'homme qui n'est mû que par la vanité ;
Il arrive toujours que l'insensé se brise
    Contre une impossibilité.

Je n'ai jamais compris que, pour vivre sans gêne,
Un homme déjà mûr agisse en étourneau ;
Alexandre n'eût pas admiré Diogène
    Ailleurs que devant son tonneau.

Je n'ai jamais compris que, traître à son langage,
Un villageois renonce à la simplicité ;
Le luxe qui déjà s'introduit au village
    N'est rien moins qu'une absurdité.

Je n'ai jamais compris, peut-être est-ce ma faute,

Des robes de satin pour danser sous l'ormeau ;
Le paysan qui veut avoir l'ame trop haute
    Est un poisson hors de son eau.

Je n'ai jamais compris, je mourrai sans comprendre
Qu'un sot reste l'ami d'un homme de bon sens ;
Peut-on, de bonne foi, s'oublier pour entendre
    Un fat se donner de l'encens ?

Je n'ai jamais compris, pardon si je vous manque,
Belle Laurentia, j'ai l'esprit très-obtus,
Je n'ai jamais compris que des billets de banque
    Puissent tenir lieu de vertus.

III.

Rêves.

Tel a rêvé les palmes de la gloire,
Le bruit des camps, l'épouvante des rois,
Et du sommet de son char de victoire
A contemplé l'Univers sous ses lois.

Tel a rêvé que les enfants de Rhée
N'ont ici-bas aucun besoin des Dieux,
Puisque Apollon, banni de l'Empirée,
Trouva chez nous ce qui manquait aux Cieux.

Tel a rêvé que des rives du Gange
Des monceaux d'or allaient tomber chez lui,
Et qu'il verrait, par un heureux échange,
Son protecteur implorer son appui.

Tel a rêvé qu'une éternelle flamme
Devait briller dans le temple d'Hébé,
Et que le ciel pour un autre Pyrame
Avait enfin ressuscité Thisbé.

Tel a rêvé que le siècle où nous sommes
A secoué d'absurdes préjugés,
Et qu'ayant droit à la faveur des hommes

Les vrais talents sont toujours protégés.

Tel a rêvé que pour les gens d'affaires
Il est urgent de connaître les lois ;
Tel a rêvé que les hommes sincères
Ont seuls accès dans les conseils des rois.

Tel a rêvé que sa prose rimée
Aurait enfin l'honneur des grands formats,
Et qu'il verrait devant sa renommée
Pâlir le nom d'Alexandre Dumas.

Tel a rêvé qu'une justice injuste
En ce temps-ci serait hors de saison,
Et qu'en plaidant contre un faquin auguste
Un honnête homme a quelquefois raison.

Tel a rêvé qu'avec des révérences
On rend toujours ses argus plus discrets ;
Il faut, dit-on, sauver les apparences,
Quitte à tomber dans des péchés secrets.

Tel a rêvé des lauriers innombrables,
A contenter les plus grands appétits ;
Les gros poissons deviendront raisonnables,
Jusqu'à cesser de manger les petits.

Tel a rêvé qu'il faut que l'hypocrite
Soit mis au ban de nos sociétés,
Et que plus tard les hommes de mérite
Monteront seuls aux grandes dignités.

Tel a rêvé que la nature humaine
Doit parvenir à la perfection ,
La chose , hélas , semble très-incertaine
A des esprits de contradiction.

Tel a rêvé que, rappelant Astrée ,
Le monde entier réformera ses lois ,
Et qu'au retour de la Vierge sacrée ,
Les opprimés rentreront dans leurs droits.

Tel a rêvé qu'un jour la confiance
Réunira les peuples divisés ,
Et que pour sceau d'une sainte alliance
Tous les canons seront enfin brisés.

IIII.

L'Ingratitude.

Le monde a vu, sur le bord de l'abîme,
Au moment même où s'agitait leur sort,
Des insensés se vanter de leur crime
Et défier l'infamie et la mort.
Tous veulent bien avoir été perfides,
Traîtres, voleurs, meurtriers, apostats,
Quelques-uns même ont été parricides,
On en voit peu se reconnaître ingrats.

Ingrat! mon Dieu! quelle horrible souillure!
Quel fer peut mieux stigmatiser un front?
Ingrat! ce nom sur une sépulture
Imprimerait le plus sanglant affront!
Peut-être est-il dans la nature humaine
De se porter aux plus grands attentats,
Mais toi, du moins, dont le regard nous mène,
Etre éternel, garde-nous d'être ingrats!

On vit les Dieux de la terre et de l'onde
Avec bonté s'allier aux mortels;
On les voyait s'exiler dans le monde,
Et de leurs mains se dresser des autels.

La terre alors était hospitalière,
Ailleurs depuis ils ont porté leurs p as;
Astrée enfin, qui resta la dernière,
Dut en pleurant s'éloigner des ingrats.

Christ, c'est en vain que déposant ta gloire
Par des bienfaits tu marquais chaque jour,
Puisque au milieu d'un peuple sans mémoire
Tu n'as trouvé que des cœurs sans amour.
Près d'adresser tes adieux à la terre,
Tu vis les tiens traîtres ou renégats ;
Il te fallut, consterné, solitaire,
Verser ton sang pour des enfants ingrats !

Rendons hommage à la main secourable
Qui va chercher le crime dans les fers ;
On s'attendrit sur le sort d'un coupable,
Quand à sa faute on voit un beau revers.
Un cri du cœur, qui monte et qui déborde,
Trouve un écho chez tous les scélérats :
« A tout pécheur Dieu fait miséricorde! »
A tout pécheur, mais jamais aux ingrats !

La vérité, sous d'énormes liasses,
Trouve au Palais son voile ou son tombeau;
Des parchemins, un tas de paperasses,
Couvrent du moins quelque coin du tableau.
Quand l'orateur gesticule, raisonne,
Embrouillant tout dans un obscur fatras,
Je veux jurer, aux peines qu'il se donne,
Qu'il vient ici parler pour des ingrats.

Avez-vous vu se tenir un notaire
Silencieux près d'un lit de douleur ?
De l'infamie obligé mandataire,
Peut-être il va dépouiller le malheur !
Il fait un acte, il rédige un mémoire,
Il lit, relit, compulse des contrats,
Et s'il ne sait déchiffrer ce grimoire,
Il peut compter sur les yeux des ingrats.

Athène encor, par de justes louanges,
De Marathon célèbre les héros ;
Dans les prisons, le chef de ces phalanges
Maudit les noms de ses soldats-bourreaux.
Lequel d'entre eux, quand mourait Miltiade,
Brisa les fers qui meurtrirent ses bras ?
C'est trop longtemps vanter la myriade
Qui dans ses rangs n'avait que des ingrats !

La science eut ses martyrs, ses victimes,
Les arts surtout les comptent par milliers ;
Les plus grands noms sont les phares sublimes
Qui du malheur éclairent les sentiers.
Tous les auteurs des belles découvertes,
Qu'avait frappés ce fléau des Etats,
Ont dû traîner sur des plages désertes
Leur désespoir et l'horreur des ingrats.

Faut-il aussi parler des journalistes ?
Un tel sujet me répugne à traiter ;
On les prendrait pour des Evangélistes,
Et chaque jour on les voit s'insulter.

L'un d'eux, montrant la laideur de son âme,
Grand discoureur dans de petits formats,
Pour le plaisir de formuler un blâme
Va se ranger au nombre des ingrats.

Napoléon défendant sa patrie
Voyait les siens passer à l'étranger;
Il n'était plus sur la route fleurie,
Il resta seul en face du danger.
Rien ne trompa sa vaste prévoyance,
Il fit des lois, forma des magistrats,
Il n'oublia que d'établir en France
Un tribunal pour juger les ingrats.

Ils devaient tout aux bienfaits du grand homme,
Et contre lui tournèrent leurs canons;
Je les tairai, que l'histoire les nomme;
Le repentir n'a pas lavé leurs noms !
Mais il est temps de retenir ma plume,
Je suis monté jusques aux potentats,
Et je craindrais de faire un gros volume
Rien qu'en citant les noms des rois ingrats !

IV.

Souhaits.

Je voudrais voir, dans le siècle où nous sommes,
De l'équité le triomphe assuré,
La bonne foi fleurir parmi les hommes,
Et le mérite à l'argent préféré.

Je voudrais voir éventer l'artifice,
Les malheureux traités avec bonté,
Les Employés faire un meilleur service,
Et le lieu saint un peu plus fréquenté.

Je voudrais voir la vertu pratiquée,
Loin de son but l'intrigant repoussé,
Avec éclat la fraude démasquée,
Et le talent toujours récompensé.

Je voudrais voir, parmi les gens de robe,
Moins de faconde et plus de loyauté ;
Je voudrais voir, sur tous les points du globe,
Moins d'industrie et plus de probité.

Je voudrais voir couler des pleurs sincères
Quand d'un parent nous suivons le cercueil,

Tous les mortels avouer leurs misères,
Et les puissants dépouiller leur orgueil.

Je voudrais voir toutes nos Pénélopes
Belles surtout de leur simplicité ;
Je voudrais voir, parmi les Philantropes,
Moins d'éloquence et plus d'humanité.

Je voudrais voir les gros banquiers de France
Mépriser moins ceux qui n'ont pas d'argent,
Je voudrais voir messieurs de la finance
Ne pas froisser l'honnête homme indigent.

Dans les discours de la charmante Elise,
Je voudrais voir plus de sincérité ;
Dans les serments de Paul qui la courtise,
Je voudrais voir moins de duplicité.

Je voudrais voir messieurs de l'intendance
Moins avancés dans l'art de nous tromper ;
Je voudrais voir messieurs de la balance
Moins consommés dans l'art de nous duper.

Je voudrais voir les hommes plus dociles
Aimer la main qui sait les protéger ;
Je voudrais voir tous les peuples tranquilles
S'aider entre eux au lieu de s'égorger.

Je voudrais voir les riches plus sensibles
Plaindre celui qu'ils ont éclaboussé ;
Je voudrais voir les villageois paisibles

Faucher le champ qu'ils ont ensemencé.

Je voudrais voir tout le charlatanisme
Dans ses discours un peu moins effronté ;
Je voudrais voir messieurs du journalisme
User entre eux de quelque charité.

Je voudrais voir la douce bienfaisance
Guérir les maux que fait la dureté ;
Je voudrais voir partout régner l'aisance,
La quiétude et la félicité.

Je voudrais voir..... mais hélas, c'est un rêve !
Ce que je veux, je ne le verrai pas !
Rêve insensé ! bien avant qu'il s'achève,
Dieu marquera l'heure de mon trépas !

V.

Stances.

Il faut au choix d'une première étude
Dès le jeune âge apporter un grand soin,
Ce qui d'abord n'était qu'une habitude
Peut aisément devenir un besoin.
Croyez-le bien, ce n'est pas une fable,
De simple escroc on deviendra larron,
Et la raison en est claire et palpable,
C'est qu'en forgeant l'on devient forgeron.

Pour nous corrompre à l'école du vice
Il ne nous faut que bien peu de leçons,
En recevant un si cruel service
D'iniquités on fait d'amples moissons.
De crime en crime on devient moins timide,
Faut-il citer l'exemple de Néron ?
S'il a fini par être parricide,
C'est qu'en forgeant l'on devient forgeron.

Tous les docteurs de la philosophie
Par des essais ont d'abord débuté,
Puis au hasard chacun d'eux se confie,
Et met au jour ce qu'il a médité.
Maître Lubin parle comme un oracle,
Naguère encor ce n'était qu'un ciron ;

Si maintenant il est sur le pinacle,
C'est qu'en forgeant l'on devient forgeron.

Quel publiciste aime à fermer l'oreille
Quand on l'appelle un savant écrivain ?
On est encore à trouver la merveille,
Et je crains fort qu'on ne la cherche en vain ?
Entendez-vous cet orateur en herbe
Qui compte un jour nous rendre Cicéron ?
Qu'on a bien fait d'inventer le proverbe :
C'est en forgeant qu'on devient forgeron.

Flattez-vous donc de trouver un poète
Qui n'ait pas eu ses rêves de grandeurs,
A dire vrai, le plus humble souhaite
D'être classé parmi les bons auteurs.
Sans hésiter il grimpe sur Pégase
Et prétend bien monter au Cythéron ;
Peut-être il doit se heurter au Caucase,
Mais en forgeant l'on devient forgeron.

Quel médecin n'a cru que sa pensée
Sur quelque point jetait un jour nouveau,
Ou n'a rêvé que quelque panacée
Devait un jour sortir de son cerveau ?
Ces messieurs-là, quand la nature opère,
Sont plus savants qu'Hippocrate et Chiron ;
En tous états il faut que l'homme espère,
Car en forgeant l'on devient forgeron.

On sait trop bien que le métier des armes

Ne s'apprend pas sans les leçons du temps ;
Il faut un chef blanchi dans les alarmes,
Des soldats faits aux fatigues des camps.
Lorsqu'Annibal vint imprimer la honte
Au front hautain de l'inepte Varron,
Il avait fait le siége de Sagonte,
C'est en forgeant qu'on devient forgeron.

Le cœur de l'homme a besoin de culture
Pour enfanter le mal comme le bien,
Il faut que l'art vienne aider la nature
Et qu'il en soit le guide et le soutien.
Avec le temps, si l'on en croit l'histoire,
Petit buveur deviendra biberon ;
C'est qu'en buvant l'on s'habitue à boire,
Comme en forgeant l'on devient forgeron.

N'a-t-on pas vu des garçons de boutique
Etre à la fin des épiciers en gros ?
N'a-t-on pas vu, dans nos guerres d'Afrique,
Bien des soldats devenir des héros ?
Ce vieux guerrier, calme un jour de bataille,
Dans son village était un vrai poltron ;
Si maintenant il brave la mitraille,
C'est qu'en forgeant l'on devient forgeron.

VI.

Conseils.

On doit juger le poète à ses vers,
On juge bien le tailleur à sa coupe ;
C'est donc un tort de bafouer la troupe
Pour un qui met sa culotte à l'envers !
Sur ce, lecteurs, acceptez pour offrande
Quelques conseils d'une Muse normande.

Vieux goguenards, qui plaisantiez jadis
Du *bon* Moïse et de sa *longue* histoire,
Vous qui riiez des feux du Purgatoire,
Il faut pourtant songer au Paradis.
Faites enfin ce que Dieu vous commande,
C'est le conseil d'une Muse normande.

La bienfaisance a des attraits si doux
Que, pour avoir cent mille écus de rente,
J'aurais plaisir à vous en céder trente.
Si vous voulez que Dieu soit bon pour vous,
Faites l'aumône à qui vous la demande,
C'est le conseil d'une Muse normande.

Maîtres d'hôtel, bouquinistes, fripiers,
Marchands d'habits et donneurs de clystères,

Courtiers marrons, gens de robe et d'affaires,
Sans oublier messieurs les épiciers,
Vendez plus cher à celui qui marchande,
C'est le conseil d'une Muse normande.

De ton prochain ne sois jamais jaloux,
L'homme hargneux ne trouve pas son compte;
Il faut toujours suivre le flot qui monte,
Sage est celui qui hurle avec les loups !
Fais prudemment ce que fera la bande,
C'est le conseil d'une Muse normande.

Tout bon Français doit observer les lois;
Pour les agents de la force publique,
Sinon de cœur, du moins par politique,
Ayez grand soin de vous montrer courtois.
Songez-y bien, il y va d'une amende,
C'est le conseil d'une Muse normande

L'homme indiscret s'expose à des regrets,
De vos discours prévoyez bien la suite,
Il est prudent d'être un tantet jésuite,
Et de savoir garder quelques secrets.
Abstenez-vous de toute propagande,
C'est le conseil d'une Muse normande.

Lorsque viendra la saison des frimas,
Vous qui toussez au contact de la brume,
Vous qui craignez les suites d'un gros rhume,
Vous qui du Nord habitez les climats,
Faites achat de quelque houppelande,

C'est le conseil d'une Muse normande.

Que les bouchers ont tondu de moutons !
Les mieux servis avaient lieu de se plaindre,
Vive la loi qui vient de les contraindre
A n'être plus que des demi-fripons !
Chaque ouvrier doit manger de la viande,
C'est le conseil d'une Muse normande.

N'ayez jamais recours à l'usurier,
Faites régner la paix dans vos familles,
Donnez enfin des maris à vos filles
Et du travail à l'honnête ouvrier.
Qu'autour de vous le bonheur se répande,
C'est le conseil d'une Muse normande.

Que votre chef soit quelque peu vantard,
Tant mieux pour vous, petit surnuméraire;
Il est aisé de vous tirer d'affaire,
Si vous savez prendre un air papelard.
Soyez flatteur lorsqu'on vous réprimande,
C'est le conseil d'une Muse normande.

Si dépravé que puisse être le cœur,
Le goût pourtant l'est encor davantage,
Preuve à l'appui : c'est qu'en fait de fromage,
Le plus mauvais passe pour le meilleur.
Défiez-vous du fromage d'Hollande,
C'est le conseil d'une Muse normande.

Petits journaux, pour cinq ou six élus

Vous trouverez bien des non éligibles,
Mais ces derniers, gens fiers et susceptibles,
Pour vous punir ne vous écriront plus.
Consolez-vous, la perte n'est pas grande,
C'est le conseil d'une Muse normande.

Flâneurs gantés, héros des boulevards,
Vous qui voulez éblouir nos lorettes,
Vous qui voulez séduire nos grisettes,
Chez nos marchands achetez vos foulards.
Il ne faut point faire la contrebande,
C'est le conseil d'une Muse normande.

Aucun recueil ne vivra sans lecteurs,
Si tout exprès Dieu ne fait un miracle ;
C'est le pendant des salles de spectacle
Où l'on ne voit jamais de spectateurs.
Vous tous à qui ceci se recommande,
Lisez les vers d'une Muse normande.

VII.

Faites la charité !!!

Vous dont l'intempérance a blanchi les cheveux,
Vous dont un souffle impur effeuilla la couronne,
Vieillards, qui vous traînez dans des sentiers fangeux,
Faites la charité pour que Dieu vous pardonne !

Vous qui passez sáns joie au milïeu des plaisirs
Qu'un souvenir amer à jamais empoisonne !
Vous dont un noir chagrin trouble tous les loisirs,
Faites la charité pour que Dieu vous pardonne !

Vous dont les traits flétris accusent la douleur,
Victime de l'hymen, femme sensible et bonne,
Vous dont un vil époux médite le malheur,
Faites la charité pour que Dieu lui pardonne !

Vous pour qui le soleil obscurcit son flambeau,
Hommes trop tôt vieillis que la vie abandonne,
Vous que des maux honteux vont coucher au tombeau,
Faites la charité pour que Dieu vous pardonne !

Vous que la jouissance a dès long-temps blasés,
Qui dédaignez cet or qu'un autre ambitionne,

Dont le luxe insolent nous a scandalisés,
Faites la charité pour que Dieu vous pardonne !

Vous dont le cœur nourrit de coupables amours,
Vous que du châtiment la crainte impressionne,
Vous qui dans la débauche avez passé vos jours,
Faites la charité pour que Dieu vous pardonne !

Vous dont nul n'a puni les infâmes trafics,
Vous que, cent fois le jour, le remords aiguillonne,
Auteurs non châtiés de désordres publics,
Faites la charité pour que Dieu vous pardonne !

Vous dont l'âme s'ouvrit à de honteux désirs,
Vous dont, pour les faux biens, le cœur se passionne,
Vous dont un culte impur absorba les loisirs,
Faites la charité pour que Dieu vous pardonne !

Vous dont les vieux péchés, les regrets superflus
Ont rendu l'existence amère et monotone,
Vous que le Dieu d'amour ne visitera plus,
Faites la charité pour que Dieu vous pardonne !

Soyez compatissants, car c'est Dieu qui le veut,
Quel qu'il soit, écoutez celui qui vous sermonne !
Plus pécheur que vous tous, chaque fois qu'il le peut
Il fait la charité pour que Dieu lui pardonne !

VIII.

Poésie sans Titre.

(Extrait.)

Vous rencontrez souvent des gens qui vous témoignent
      Un intérêt toujours croissant ;
Mais dès-lors qu'ils ont vu votre astre pâlissant,
      Ils tournent le dos et s'éloignent.
Ces partisans zélés ne donnent rien pour rien,
L'ami de ces gens-là n'est pas du tout le mien.

Vous rencontrez des gens qui vous font des promesses
Avec l'intention de ne pas les tenir,
      A moins que pour s'en souvenir
      Il n'aient quelques raisons expresses.
A leurs yeux un serment n'est jamais un lien,
L'ami de ces gens-là n'est pas du tout le mien.

Vous rencontrez des gens qui ne pourraient pas vivre
S'ils cessaient un seul jour de vous importuner,
      Et dussiez-vous les malmener,
Ils trouvent cent raisons quand ils veulent vous suivre.
Ce leur est un besoin quasi-quotidién,
L'ami de ces gens-là n'est pas du tout le mien.

On rencontre des gens qu'on est ravi d'entendre,
Tant ils ont de talents, d'esprit et de savoir,
Hélas ! ils en ont tant, qu'à force d'en avoir,
On finit bien souvent par ne plus les comprendre.
On juge ce qu'ils sont au premier entretien,
L'ami de ces gens-là n'est pas du tout le mien.

On rencontre des gens pour qui la poésie
       N'est qu'un insipide ornement ;
Chacun est libre, au fait, d'avoir son sentiment
       Et de vivre à sa fantaisie,
Mais c'est avoir l'esprit par trop béotien,
L'ami de ces gens-là n'est pas du tout le mien.

On rencontre des gens dont les belles manières
       Font toujours rire de pitié ;
       Oh, que je leur saurais de gré
S'ils cessaient devant moi leurs mines façonnières !
Ils veulent se donner un air patricien
L'ami de ces gens-là n'est pas du tout le mien.

On rencontre des gens qui marchent tête haute,
Tant, sous tous les rapports, ils sont satisfaits d'eux ;
Celui qui les éclipse est coupable à leurs yeux,
       Et rien ne peut laver sa faute.
Ils sont graves, hautains, raides dans leur maintien,
L'ami de ces gens-là n'est pas du tout le mien.

On rencontre des gens dont la valeur s'enflamme
       Lorsque vient la fin d'un repas ;
       Ont-ils cassé deux ou trois plats,

Les voilà les héros d'un drame.
D'imiter leurs hauts faits je n'ai pas le moyen,
L'ami de ces gens-là n'est pas du tout le mien.

Vous rencontrez des gens qui, malgré leur lésine,
Vous offrent quelquefois la fortune du pot;
      Mais avant de les prendre au mot
      Faites un tour à la cuisine.
Le vin qu'ils vous font boire est toujours trop chrétien,
L'ami de ces gens-là n'est pas du tout le mien.

Vous rencontrez des gens qu'aucun affront n'écarte,
Vous les trouvez toujours prêts à vous convier,
      Mais quand il s'agit de payer
Ils vous laissent le soin de demander la carte.
Ils exercent sur vous leur droit régalien,
L'ami de ces gens-là n'est pas du tout le mien.

IX.

Est-ce vrai ?

Le monde est plein de gens qui vous souhaitent
Tous les emplois, toutes les dignités,
Et ces gens-là le plus souvent regrettent
Ce qu'on vous rend d'honneurs bien mérités.

Le monde est plein de gens à réverences
Qui sont *heureux* de vous voir prospérer,
Et qui voudraient que toutes les souffrances
En un seul jour vinssent vous torturer.

Le monde est plein de gens qui commencèrent
Par applaudir à vos premiers essais,
Et qui plus tard contre vous se liguèrent
Pour ravaler vos plus justes succès.

Le monde est plein de gens déraisonnables
Qui n'en seront pas moins adonisés ;
Le monde est plein de gens désagréables
Qui sont pourtant chéris et courtisés.

Le monde est plein de gens dont l'héritage
Est un brevet de popularité,
De ces gens-là l'ennuyeux bavardage
Comme un oracle est toujours accepté.

Le monde est plein de gens sans politesse
Qui sont partout accueillis et fêtés,

Tant il est vrai qu'on passe à la richesse
Son insolence et ses brutalités.

Le monde est plein de gens qui vous répètent
Que d'un confrère ils ne sont point jaloux,
Presque toujours ces bonnes gens souhaitent
Que tous les maux viennent fondre sur vous.

Le monde est plein de conseillers sincères,
De bons amis, de gens officieux,
Qui, sans cesser de vous traiter en frères,
Voudraient pouvoir vous arracher les yeux.

Le monde est plein de gens dont la manie
Est de passer pour de grands protecteurs,
On a souvent une peine infinie
A s'exempter d'être leurs débiteurs.

Le monde est plein de ces gens qui n'aspirent
Qu'à s'immiscer dans les secrets d'autrui ;
Heureux encor, si ces gens se retirent
Sans vous berner après vous avoir nui.

Le monde est plein de gens qui s'intéressent
A l'avenir d'un homme fortuné,
Mais constatons que ces gens-là s'empressent
De le quitter quand la roue a tourné.

Le monde est plein de gens dont les services
Vous sont acquis, sans bourse délier,
Mais vos secrets paieront leurs bons offices,

Tardez toujours à les leur confier.

Le monde est plein de gens qui sollicitent
L'insigne honneur de vous faire leur cour,
Ne cherchez pas quels motifs les excitent,
Si Dieu le veut, vous le saurez un jour.

Le monde est plein de gens qui vont sourire
Aux favoris de l'aveugle Plutus,
Mais en revanche ils ont soin de médire
Du pauvre sot qui n'a que ses vertus.

Le monde est plein de ces gens sans courage
Quand il s'agit de leurs supérieurs,
Mais en retour ils ont un air sauvage
En s'adressant à leurs inférieurs.

Le monde est plein de gens sans conscience
Que l'on méprise et qu'il faut respecter,
Le monde est plein de gens sans éloquence
Qui font souffrir et qu'il faut écouter.

Le monde est plein de directeurs habiles,
De conseillers experts en tous les cas,
Mais c'est beaucoup s'ils ne sont qu'inutiles
Sans vous jeter en quelque mauvais lacs.

Le monde enfin est plein de bons apôtres
Qu'on voit ramper, à l'instar des serpents,
Et prendre à cœur les intérêts des autres
Pour le plaisir de rire à leurs dépens.

X.

Stances.

Pour dénombrer les vertus d'une femme
Il ne faut pas un bien long examen,
Et c'est fort mal de consulter son âme
Quand il s'agit de conclure un hymen ;
Dès qu'elle apporte une dot acceptable,
Pas n'est besoin qu'on en soit amoureux,
Car de nos jours un fait incontestable,
C'est que l'argent rend les hommes heureux.

Rien n'est commun autant qu'un bon poète
Avec sa lyre aux sons harmonieux,
Chaque réduit devient une retraite
D'où vont pleuvoir des vers mélodieux.
Viennent alors les grandes catastrophes,
Le choléra, les combats désastreux !
Tous ces malheurs nous vaudront quelques strophes,
Et, par le fait, les hommes sont heureux.

On voit souvent des gens qui se ressemblent
Sous le rapport de la stupidité,
On voit partout des gens qui se rassemblent
Pour applaudir quelque âne bréveté.
En commentant les pages de l'histoire,
On est profond quand on est ténébreux ;
Quoi qu'il en soit, un progrès bien notoire,
C'est qu'aujourd'hui les peuples sont heureux.

A chaque pas on trouve des bélîtres
Dont la science est de savoir gémir ;
A chaque instant on vous lit des épîtres
Dont le mérite est de vous endormir.
Vous auriez tort de vous mettre en colère,
Quoique aujourd'hui les pédants soient nombreux,
Il est certain que le peuple s'éclaire,
Et que, partant, il devient plus heureux.

En Italie aussi bien qu'en Espagne,
Pays charmants, comme on peut le penser,
De braves gens se mettent en campagne
Sans autre but que de vous détrousser.
Que, dans la nuit, vous fassiez une course,
Vous rencontrez un gaillard vigoureux,
Et s'il ne fait que prendre votre bourse,
On vous dira que vous êtes heureux.

Si votre ami n'est pas ce qu'il doit être,
Vous auriez tort de frayer avec lui ;
Mais s'il ne fait que vous parler en maître,
Sachez long-temps dévorer votre ennui.
Il veut sur vous usurper trop d'empire,
C'est, j'en conviens, assez peu généreux,
Mais vous pourriez en rencontrer un pire,
En le gardant estimez-vous heureux.

De deux amants que le secret s'ébruite,
L'objet aimé n'est plus qu'un suborneur ;
Bientôt après, la pauvre enfant séduite
Accusera son heureux séducteur.

Sans nul délai le point d'honneur exige
Qu'un châtiment frappe cet homme affreux,
Mais pour de l'or la victime transige,
Dites-moi donc que ce n'est pas heureux.

On ne voit plus d'innocentes victimes
Subir la loi d'un injuste agresseur,
Et de nos jours, si grands que soient ses crimes,
Un accusé choisit son défenseur.
De ce dernier l'éloquente ressource
Peut adoucir un arrêt rigoureux,
L'autre en est quitte en lui laissant sa bourse,
Tout compte fait, c'est encor très-heureux.

Plus d'un enfant est prôné par son père,
(Un tel orgueil est certes bien permis,
Et l'on a lieu d'attendre un sort prospère
Lorsque d'ailleurs on est pourvu d'amis.)
Plus tard l'enfant ne peut être notaire,
Le saut pour lui serait un peu scabreux,
De la mairie il sera secrétaire,
Le pis-aller est encor très-heureux.

Oh, que le Czar est un grand philanthrope !
Tous ses sujets, dit-il, sont ses enfants,
C'est pour leur bien qu'au travers de l'Europe
Il veut lancer ses soldats triomphants !
Pour satisfaire une autre fantaisie
Il va frapper des impôts onéreux,
C'est pour l'honneur de la sainte Russie,
Voilà, ma foi, des peuples bien heureux !

XI.

Fragment.

O mihi præteritos referat
si Jupiter annos!

Si petit à petit je fournis ma carrière,
Quelquefois en marchant je regarde en arrière,
Je cherche ma jeunesse, et je demande au Temps
Ce qu'il a déjà fait de mes joyeux vingt ans !

Cherche dans ce chaos, cherche, pauvre poète,
L'avenir ne rend pas le passé qu'on regrette .
Le passé..... c'est l'ami que tu ne verras plus !
C'est la voix sans écho des siècles révolus !
Ce sont des souvenirs, de lointaines images
S'effaçant par degrés à l'horizon des âges !
C'est un temple en ruine, une palais écroulé,
C'est un nom inconnu sur un marbre isolé !
C'est le temps du bonheur et de l'imprévoyance,
C'est le dernier rayon d'une vaine espérance !
Le passé..... c'est un spectre encor trop près de toi
Pour qu'il te soit permis d'en parler sans effroi !

Eh, que te servirait une plainte importune ?
Si tu n'as le talent de fixer la fortune,
Si l'espoir a fait place à la déception,
Cherche ailleurs qu'ici-bas ta consolation.
Ce monde est sans pitié pour qui songe à se plaindre,
Poëte, à t'écouter tu ne peux le contraindre,
Non, ce n'est pas de toi qu'il ira s'enquérir,
A peine, de nos jours, si l'on peut te souffrir !
Le poète est proscrit dans le siècle où nous sommes,
Il a perdu le droit de s'adresser aux hommes,
Il doit cacher sa peine et taire ses malheurs ;
Ce n'est qu'un Paria, seul avec ses douleurs !

Et pourtant, jusqu'ici, plus heureux que tant d'autres,
On t'a dit quelquefois : Veuillez être des nôtres !
Mais ce monde si beau, ce monde si bruyant,
A tes yeux fatigués n'offre rien d'attrayant ;
Les concerts et les bals ne peuvent te distraire,
Les salles d'Opéra n'ont jamais su te plaire,
C'est en vain que Paris étale ses splendeurs,
En vain qu'on t'a montré sa pompe et ses grandeurs,
Avec tout ce fracas ton silence contraste,
Tu passes sans plaisir au milieu de ce faste,
Heureux lorsque, fuyant le tumulte et le bruit,
Tu retrouves la paix dans ton humble réduit !

XII.

Passez !!!

PASSEZ, hommes sans foi, qui voudriez m'apprendre
Le mensonge et l'iniquité ;
Je travaille pour vivre, et n'ai pour vous entendre
Ni le temps ni la volonté.

Passez, hommes d'argent, c'est ici la demeure
D'un poète et non d'un pervers ;
Je vous appellerai quand ce sera mon heure,
Aujourd'hui je n'ai que des vers.

Passez, hommes de loi, qui cherchez à surprendre
La franchise et la probité ;
J'ai l'esprit un peu lent, et ne sais pas comprendre
Votre injuste légalité.

Passez, hommes du monde, il fut un temps peut-être
Où je vous aurais écoutés ;
Mais j'ai, pour mon malheur, appris à vous connaître,
Vous et ceux que vous fréquentez.

Passez, hommes sans mœurs, qui voulez des scandales,
Assez d'autres suivront vos pas,

16

Et se disputeront des caresses banales
   Auxquelles je ne prétends pas.

Passez, hommes du siècle, avec votre système
   Que Dieu doit toujours sommeiller ;
Moi, je crains le regard de l'Arbitre suprême,
   Et je tremble de l'éveiller.

Passez, hommes ingrats, en prodiguant l'outrage
   Au Dieu qui vous a créés tous ;
Hélas, moi je suis loin d'avoir votre courage,
   Et je fuis devant son courroux.

Passez, hommes du jour, vos maximes frivoles
   Sont un absurde contre-sens ;
Je n'aime ni vos lois, ni les vaines idoles
   A qui vous offrez votre encens !

XIII.

Réformes.

Il fut chez nous un temps de mœurs grossières
Où les abus semblaient légitimés ;
Mais notre siècle est celui des lumières,
Et les suivants ont été réformés.

Il fut un temps d'erreur, et d'ignorance
Où l'on priait sur la cendre des morts ;
Mais notre époque a mis cette croyance
En discrédit parmi les esprits forts.

Il fut un temps où l'on disait aux hommes :
A la vertu les honneurs sont promis !
Mais on leur dit à l'époque où nous sommes :
Avec de l'or vous y serez admis !

Il fut un temps, mais un temps déplorable,
Où l'on gardait le culte des aïeux ;
Dans notre siècle on est plus raisonnable,
Et l'on sourit lorsque l'on parle d'eux.

Il fut un temps où l'on craignait son père,

Où l'on tenait à lui rester soumis ;
Mais notre époque est beaucoup moins sévère,
Et dès quinze ans on se croit tout permis.

Il fut un temps où quelque catastrophe
Eût menacé l'homme profanateur ;
Mais en ce siècle où l'on naît philosophe ,
L'homme a le droit d'insulter son auteur.

Il fut un temps où , libre sous un maître ,
Le paysan tenait à ses foyers ;
Mais aujourd'hui le sol qui le voit naître
Ne tarde pas à lui brûler les pieds.

Il fut un temps , un vrai temps de misère,
Où l'artisan était respectueux ;
Mais en ce siècle on a l'âme plus fière ,
Et l'on rougit de rester vertueux.

Il fut un temps , de sinistre mémoire,
Où les Français idolâtraient leur roi ;
Ils ont ensuite aimé beaucoup la gloire,
Et puis, et puis... je ne sais pas trop quoi !

Il fut un temps où l'on prit pour devise :
« *Fais ce que dois, advienne que pourra !* »
Mais aujourd'hui le peuple se ravise
Et veut savoir d'où le profit viendra.

Il fut un temps où sans montrer ses titres,
Nul n'essaya d'entrer à l'Institut ;

Mais aujourd'hui , pour deux ou trois chapitres ,
Quelquefois moins , l'affaire se conclut.

Il fut un temps où l'on croyait en France
Au dévoûment comme à la bonne foi ;
Mais notre siècle a fait un pas immense,
Et croit permis ce que permet la loi.

Il fut un temps où , simple en ses manières ,
Le villageois fréquentait le saint lieu ;
Mais en ce siècle avare de prières ,
Il n'est pas sûr qu'il doive croire à Dieu !

Il fut un temps !... que de choses à dire
Sur ce passé toujours calomnié !
Mais aujourd'hui !... je n'ose pas écrire
Ce qu'autrefois j'aurais amplifié !

XIV.

Derniers Conseils.

GARDE-TOI bien d'apporter du retard
Quand il s'agit d'une importante affaire,
Fais aujourd'hui tout ce que tu peux faire,
Demain peut-être il serait un peu tard.
Le temps qui vient n'appartient à personne,
C'est le conseil qu'un villageois te donne.

Si dans les cieux vous voulez être admis,
Vous qui montrez une humeur trop hautaine,
Vous dont le cœur s'est ouvert à la haine,
Faites la paix avec vos ennemis.
Pour trouver grâce, il faut que l'on pardonne,
C'est le conseil qu'un villageois vous donne.

Aux yeux du monde un homme a toujours tort,
Dès que pour lui la Fortune est contraire ;
N'entreprends donc jamais à la légère
Une action qui peut fixer ton sort.
Avant d'agir il faut que l'on raisonne,
C'est le conseil qu'un villageois te donne.

A quelque emploi que tu sois appelé,
De tes discours n'exclus pas la prudence;
Tel qui n'avait qu'à garder le silence,
S'est compromis pour avoir trop parlé.
Qui parle trop, bien souvent déraisonne,
C'est le conseil qu'un villageois te donne.

Ayez au moins un semblant d'équité
Si vous tenez à l'estime des hommes;
On a beau dire, à l'époque où nous sommes
Il faut encore un peu de probité.
Ce qu'on sema, plus tard on le moissonne,
C'est le conseil qu'un villageois vous donne.

Si vous marchez contre des ennemis,
Abstenez-vous d'aller en découverte,
Vous pourriez bien courir à votre perte,
Ou pour le moins vous trouver compromis.
Sages sont ceux qui marchent en colonne,
C'est le conseil qu'un villageois vous donne.

Peuples divers, chez qui le faux honneur
Fit réussir des projets téméraires,
Songez plutôt à vous traiter en frères,
Et dans la paix cherchez le vrai bonheur.
Rapprochez-vous, comme Dieu vous l'ordonne,
C'est le conseil qu'un villageois vous donne.

Vous qui courez sans cesse après l'argent,
Vous que Plutus adopte et favorise,
Vous dont le rêve enfin se réalise,

Votre vieux père est peut-être indigent !
Relisez donc l'histoire d'Antigone ,
C'est le conseil qu'un villageois vous donne.

Si , prétextant que je fais trop de vers ,
Quelque censeur me blâme ou me repousse ,
Je lui dirai, de ma voix la plus douce ,
Et vous, seigneur, êtes-vous sans travers ?
Mieux vaut encor Minerve que Bellone ,
C'est le conseil qu'un villageois vous donne.

DERNIÈRE SATIRE.

❦

Le Poète et sa Muse.

❦

LE POÈTE.

Muse, préparez-vous pour une autre satire,
Pour frapper à coup sûr cherchez un point de mire,
Portez autour de vous des regards indiscrets,
Reprenez votre fouet, décochez quelques traits ;
Au temps où nous vivons il est bon de médire,
Plus un livre est méchant, plus on aime à le lire.
Voulez-vous des lecteurs charmer l'oisiveté ?
Alliez le mensonge avec la vérité,
Et même, s'il le faut, calomniez sans honte,
C'est le meilleur moyen d'imprimer à bon compte.
Allez, ne soyez pas insolente à demi,
Enfoncez le poignard même en un cœur ami,
Frappez à droite, à gauche, et d'estoc et de taille,
A qui ne vous dit rien présentez la bataille,

17

Soyez en vos écrits plus fourbe que Sinon,
Et surteut rabaissez ceux qui se font un nom !
Ayez souvent pour eux une phrase outrageuse,
Soyez âpre, jalouse, inquiète, ombrageuse,
Signez toujours un pacte avec les détracteurs,
Et grossissez enfin la ligue des menteurs.
Et puis, songez-y bien, il faut pour qu'on vous nomme
Que vous fassiez métier d'insulter un grand homme,
Glapissez à l'écart comme un oiseau de nuit,
Voilà le seul moyen de faire quelque bruit !

LA MUSE.

Fort bien. Mais contre qui faut-il que je m'exerce ?
Sur quel homme éminent faut-il que je déverse
Les flots noirs de l'envie en vers injurieux ?
Contre qui susciter des bruits calomnieux ?
Entre cent mille auteurs lequel vous fait ombrage ?
Voyons, s'agirait-il de venger un outrage ?

LE POÈTE.

Eh non, pour le moment ce n'est point là le cas,
Avec tout votre esprit vous ne comprenez pas.
Il s'agit, entre nous, de me faire connaître,
Et pour cela je veux insulter un grand maître.

LA MUSE.

Eh bien, j'attends, parlez, que j'apprenne de vous
Sur quel grand écrivain doivent tomber mes coups.

LE POÈTE.

Singulière demande ! Eh, mon Dieu, l'on devine,
Mais sans aller plus loin, insultez Lamartine,
Vous ne serez pas seule à parler contre lui.
Si quelques gens naïfs lui prêtent leur appui,
D'autres, sûrs qu'on lira leurs petits opuscules,

Pourvu que ce grand nom y soit en majuscules,
Ont prouvé clair et net que c'est un turbulent,
Un homme sans mérite, un auteur sans talent.
Ils n'ont trouvé chez lui que des sujets de blâme,
Ils ont tout contesté, jusqu'à sa grandeur d'âme,
Tous ses actes enfin n'ont su leur inspirer
Que l'ardeur de l'abattre et de le déchirer.
Ces auteurs ont saisi le moment favorable,
Ils ont su décocher contre un homme honorable
Leurs traits envenimés et tout frais émoulus,
Ils ont menti, c'est vrai, mais ils ont été lus !

Eh bien ! sapez comme eux cette grande ruine.
D'ailleurs, que craignez-vous ? Ce n'est plus Lamartine,
L'oracle respecté du peuple de Paris,
Il est encor debout, mais ce n'est qu'un débris !
C'est un fantôme, une ombre, une image effacée,
C'est Lamartine, enfin, seul avec sa pensée,
Lamartine aujourd'hui sans puissance et sans biens,
Lamartine pleurant sur le tombeau des siens !

Vous pouvez contre lui rimer une satire,
Déchu de ses grandeurs, il ne peut pas vous nuire ;
Puis, c'est un homme bon, ne craignez point son bras,
Il pourrait vous frapper qu'il ne le ferait pas.
Si l'on doit prudemment garder quelque mesure
Avec les gens hargneux dont on craint la morsure,
Si l'on doit, d'autre part, flatter et ménager
Un sot impertinent qui peut vous protéger,
Pour les gens sans crédit il n'en est pas de même,
Il faut avec ceux-là porter tout à l'extrême,

Ainsi, Muse, tâchez de vous en souvenir,
Lamartine aujourd'hui ne peut pas nous servir !

Pour faire sa fortune, il faut bien que l'on triche.
Il vous dit qu'il est pauvre, affirmez qu'il est riche,
Et que ce parti pris de se faire indigent
N'est qu'un nouveau moyen d'attraper de l'argent.
Soutenez mordicus que sa douleur est feinte,
Qu'il n'eut pas en sa vie un seul sujet de plainte,
Et que ceux qu'il surprend avec quelques grands mots
Sont en réalité des niais et des sots.
Entre nous, je sais bien qu'il a sauvé la France,
Mais sur ce point surtout niez à toute outrance ;
Ecrivez que, poussé par son ambition,
Il a fait à lui seul la révolution ;
Dites que, lorsqu'un jour sur la porte d'un bouge
On vit avec horreur flotter le drapeau rouge,
Lamartine en secret le faisait arborer
Pour acquérir l'honneur de nous en délivrer !
Tout cela s'est écrit, tout cela se colporte,
Et l'on se fait un nom en parlant de la sorte.
Dites avec aplomb toutes ces faussetés,
Propagez des erreurs et des absurdités,
Dénaturez les faits, travestissez l'histoire,
Vous trouverez toujours des pédants pour vous croire.

LA MUSE.

Je vous ai, j'imagine, écouté longuement,
Et je vais à mon tour vous parler franchement :
Eh quoi ! vous voulez donc que je m'apprête à rire
De l'illustre écrivain que j'aime et que j'admire ?
Vous voulez qu'aujourd'hui je m'arme de rigueur

Contre un homme courbé sous la main du malheur ?
Vous exigez enfin que, sourde à sa prière,
Au lieu de le servir je lui jette la pierre,
Et que je lui reproche en des vers pleins d'aigreur
Le sort où l'a conduit la bonté de son cœur ?
Ah, pour vous inspirer cherchez une autre Muse,
C'est une mission que, pour moi, je refuse.
Moi, j'irais sans pitié pour d'illustres revers,
Calomnier celui dont j'aime tant les vers,
Par un doute outrageant rapetisser sa gloire,
Et d'un soupçon injuste entacher sa mémoire !
J'irais, injurieuse en mon dépit jaloux,
Mentir, comme La Harpe, à la face de tous !
J'irais effrontément, comme l'a fait Voltaire,
Méconnaître et noircir un ange tutélaire,
Travestir en défauts d'éminentes vertus,
Et nier sans pudeur des services rendus !
Moi, je dirais au peuple : Exclus du Capitole
Celui qui fut jadis ton guide et ton idole ;
Un homme généreux fut un jour ton appui,
Qu'importe, il est tombé, sois sans pitié pour lui !
Pour ce lâche dessein cherchez une autre amie,
Je ne veux point ma part d'une telle infamie,
Respect pour le malheur, voilà quelle est ma loi,
Je vous l'ai déjà dit, ne comptez pas sur moi.

LE POÈTE.

Et vous avez raison, Muse, quoi qu'il advienne,
Que dans tous vos écrits la pudeur vous retienne,
Et ne sortez jamais en vos vers scrupuleux
Du respect que l'on doit aux hommes malheureux.
Ce principe sacré sera toujours le vôtre ?

J'espère bien aussi n'en avoir jamais d'autre,
Et si dans le début je parlais autrement,
C'était pour m'assurer de votre sentiment.
Muse, on met sous nos yeux des spectacles bien tristes !
Défiez-vous surtout de ces grands rigoristes
Qui, prenant méchamment les choses à rebours,
Critiquent chez autrui ce qu'ils font tous les jours.
Vous faut-il un exemple ? Eh bien, un grand poète
Qui s'était endormi sur sa lyre muette,
Lamartine en un mot, et ce nom-là dit tout,
Apprend à l'Univers qu'il est encor debout !
Offrant aux gens lettrés un ouvrage admirable,
Il est sûr, croyez-vous, d'un accueil favorable?
Non, il n'est sûr de rien. Beaucoup ont protesté,
Ils appellent cela de la *Mendicité !*

Oyez du *Figaro* la trompette sonore :
« Littérateurs, dit-il, quelqu'un nous déshonore !
» Mettons ce grand coupable au ban des nations. »
Et cet homme est l'auteur des *Méditations !*
Il fallait être francs et dire sans ambages :
« Il nous déplaît, à nous, qu'il ait tant de suffrages,
» Dix-neuf mille abonnés, n'est-ce pas scandaleux ?
» A quoi songez-vous donc, Français trop généreux ?
» Les succès qu'il obtient nous portent préjudice,
» Ouvrez plutôt pour nous votre main bienfaitrice,
» Nous trouvons fort mauvais qu'il ait des souscripteurs,
» A nous seuls la réclame, et l'argent des lecteurs ! »

Ah ! vous avez eu tort, à l'époque où nous sommes,
De montrer tant de fiel contre un de nos grands hommes,

Quoi que vous écriviez, il reste ce qu'il est,
Et qu'importe, après tout, si cela vous déplaît ?
Les hommes clairvoyants feront bonne justice
De votre jalousie et de votre malice ;
En vain vous dressez-vous sur la pointe des pieds,
Vous êtes trop petits pour salir ses lauriers !

Sonnez, sonnez bien haut, pauvre feuille éphémère,
Avant son *Jocelyn* vous joncherez la terre.
Que peuvent contre lui vos articles haineux ?
Ils ne parviendront pas à le rendre odieux,
La France aura bientôt oublié vos outrages,
Malgré vous, après vous, on lira ses ouvrages,
Et les siècles verront Lamartine encensé,
Que depuis bien longtemps vous aurez trépassé !

Il est des noms qu'entoure un si grand privilége
Qu'on ne peut y toucher sans être sacrilége,
Et lorsque le malheur vient les sanctifier,
Il n'est jamais permis de les injurier.
Ce sont des noms sacrés, et le sien est du nombre !
L'horizon de la France était livide et sombre,
Et le flot qui montait menaçait d'engloutir
Le passé, le présent, et jusqu'à l'avenir !
Les échos répétaient une rumeur étrange,
Le trône de nos rois était couvert de fange,
Un sinistre concile, assemblé dans la nuit,
Promulguait ses décrets sans héraut et sans bruit ;
Et de cette puissance occulte, insaisissable,
On ne connaissait bien que l'arrêt implacable.
En ces jours ténébreux son nom fut un drapeau,

On l'insulte aujourd'hui , mais il est toujours beau !

Oh , Muse , quel que soit l'accueil qu'on nous destine,
Aujourd'hui, comme alors, respectons Lamartine ;
Nous croyons , vous et moi , qu'aux jours de la terreur
Sa voix persuasive en adoucit l'horreur !
Que peut contre sa gloire une vaine cabale ?
Parmi ses détracteurs pas un seul ne l'égale !
Mais pour finir enfin j'ajoute un dernier mot
Qu'écrivait récemment Auguste Villemot :
Laissons les partisans d'une doctrine impure
Souffleter à grand bruit cette grande figure !

TABLE DES MATIÈRES.

SATIRES.

TABLE.

PHILOSOPHIE UNIVERSELLE.

POÉSIES DIVERSES.

FIN DE LA TABLE.

ERRATA.

Page 18, — vers 19,
> *au lieu de* :

Qu'elle est souvent injuste et parfois implacables.
> *lisez* :

Qu'elle est souvent injuste et parfois implacable.

Page 49, — vers 16,
> *au lieu de* :

Trouver de la clarté dans *dans* une phrase obscure,
> *lisez* :

Trouver de la clarté dans une phrase obscure,

Page 183, — vers 11 ,
> *au lieu de* :

C'est un temple en ruine, *une* palais écroulé ,
> *lisez* :

C'est un temple en ruine, un palais écroulé ,